로크미디어가
유혹하는
재미있는 세상
ROK
MEDIA
로크미디어

이것이 법이다

# 이것이 법이다 34

2018년 4월  5일 초판 1쇄 인쇄
2018년 4월 10일 초판 1쇄 발행

**지은이** 자카예프
**발행인** 이종주

**기획 팀** 이기헌 왕소현 박경무 이승제
**책임 편집** 최전경

**발행처** (주)로크미디어
**출판등록** 2003년 3월 24일
**주소** 서울시 마포구 성암로 330 DMC첨단산업센터 3층 314호
Tel (02)3273-5135 **Fax** (02)3273-5134
**홈페이지** rokmedia.com **E-mail** rokmedia@empas.com

ⓒ 자카예프, 2015

값 8,000원

ISBN 979-11-294-0817-4 (34권)
ISBN 979-11-255-9575-5 04810 (세트)

# 이것이 법이다

34

자카예프 장편소설

ROK MEDIA

로크미디어

# CONTENTS

시체가 없으면 살인도 없다

"노 변호사."

"네, 김 변호사님?"

김성식이 찾아오자 노형진은 고개를 갸웃했다.

"잠깐 시간 있나?"

"들어오세요. 김 변호사님이라면 없는 시간도 내 드려야 지요."

"고맙네."

노형진이 일어나면서 들어오라고 하자 김성식은 안으로 들어와서 권하는 의자에 앉았다.

"그런데 어쩐 일이십니까?"

"아무래도 자네의 도움이 필요해서 말이야."

"도움요?"

"그래. 아는 사람에게서 의뢰가 들어왔는데…….."

"아는 사람?"

"그래. 아니, 의뢰라기보다는 부탁에 가깝네."

"부탁요?"

노형진은 고개를 갸웃했다.

물론 변호사에게 부탁을 하는 건 흔하게 있는 일이다. 자신 역시 부탁받아서 사건을 진행한 적이 있으니까.

하지만 그것 역시 담당하는 순간부터는 의뢰일 뿐이다. 개인적인 것이라면 모를까.

그러나 김성식이 노형진에게 개인적인 사건을 말할 것 같지는 않았다.

"무슨 일이신데요?"

"음…… 애매한데…….."

김성식은 한참 고민하다가 입을 열었다.

"아는 사람의 아들이 사라졌다네."

"네? 그러면 경찰에 신고해야지요."

"그거야 그렇지. 그런데 알지 않나?"

"하긴…….."

경찰은 남자의 실종은 무조건 가출로 처리한다.

일을 하기 싫은 것도 있고, 남자의 실종은 이슈가 되지 않아 실적이 안 된다는 이유도 있다.

과거에 이로 인해 한번 큰일이 터졌는데 그걸 또 노형진에게 걸려서 엄청난 손해배상을 했음에도 불구하고 경찰은 인원 부족을 핑계로 여전히 그 논조를 유지하고 있었다.

"신고해 봤자 조사도 안 하겠지요."

"그렇겠지."

가출로 처리한 후 그대로 잊히는 것이다.

"그건 소송을 해서 제대로 수사하게 만들 수 있을 것 같은데요?"

경찰이 남자는 무조건 가출로 처리하는 논조를 유지하고 있다고 하지만 그건 어디까지나 법에 대해 모르는 일반인을 대상으로 할 때다.

제대로 소송에 들어가면 그들은 바로 실종으로 넘긴 후에 수사를 시작한다.

공직에서 업무상 배임으로 고소당한다는 것은 인사고과에 문제가 생긴다는 뜻인데, 그들 역시 그걸 알기 때문에 노형진은 지난번 사건 이후로 자신들에게 접수되는 사건에 관해서 담당 수사관이 제대로 일하지 않는 경우 업무상 배임으로 고소하고 있었다.

"그다지 어려운 사건은 아닌 것 같은데요?"

그걸 모를 김성식이 아니다.

더군다나 김성식이 누군가? 한때 대한민국 중앙수사부 부장을 했던 사람이다.

　전화 한 통이면 바로 가출에서 실종으로 넘어가 수사가 시작될 것이다.

　"그게 말이야, 나도 자네 생각은 알겠네. 하지만 상황이 좀 달라."

　"상황이 좀 다르다고요?"

　"그래. 아마도 그 아들은 죽었을 거야."

　"네?"

　노형진의 얼굴이 딱딱해졌다. 죽었다는 말은 섣불리 할 수 있는 게 아니기 때문이다.

　애초에 경찰이 접수조차도 해 주지 않는 사건에서 죽었다는 말이 나올 곳은 한 곳뿐이다.

　"의뢰인분들의 의견입니까?"

　"처음에는 내 의견이었지. 하지만 다들 내 말에 수긍하더군."

　노형진은 심각한 얼굴이 되었다.

　"이거 심각하군요."

　"그래. 일단 신고는 했지만 가출로 되어 있네."

　당연히 수사는 안 한다.

　문제는 이런 경우, 살인범은 바깥에서 돌아다니고 있다는 것이다.

　그것은 또 다른 살인이 벌어질 가능성 역시 아주 높다는 것.

　"도대체 왜 그런 생각을 하시는 겁니까?"

　"내 친구의 아들이네만, 좋은 녀석은 아니었거든."

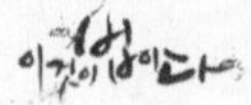

김성식은 자신이 아는 것에 대해 이야기하기 시작했다.

김성식의 고등학교 선배인 선우중은 학교 다닐 때부터 모범생은 아니었다. 다혈질이고 즉흥적인 편이었다.

아들은 그런 그를 많이 닮았는데, 문제는 안 좋은 쪽으로 닮았다는 것이다.

선우중이 아무리 그래도 정도를 벗어나지 않은 반면, 그의 아들인 선우혁은 정도를 벗어나도 한참 벗어난 타입이라는 것.

학교 다닐 때부터 아이들을 괴롭혀서 수십 번을 학교로 불려 갔는데, 중·고등학교 때에만 폭행으로 인해 전학을 여섯 번이나 해야 했다.

1년에 한 번씩 전학한 셈이다.

더군다나 치료비와 배상금으로 준 것만 해도 1억은 될 것이다.

"결국은 고등학교를 졸업하자마자 폭력 조직에 몸을 담았네."

"싹수가 노란 놈이었군요."

"그래. 이런 말 하긴 그렇지만, 자기 자식이지만 선배에게도 내놓은 녀석이었어. 그에 비하면 둘째와 셋째는 멀쩡했거든. 비교되다 보니 더 다그치게 되고 그러니까 더 반항하고. 뭐 그런 악순환이었지."

"공부 못한다고 편애해서 그런 거 아닌가요? 가끔 그런 경우도 있지 않습니까?"

"그런 녀석이라면 어떻게 설득이라도 해 보지. 이놈은 그런 놈이 아니라 그냥 미친놈이었어. 자네도 알지 않나? 태어나는 순간부터 악으로 태어나는 듯한 인간이 있는 거. 그런 사람들은 어떤 상황에서도 결국은 악으로 흘러가더군."

"하긴, 그런 놈이 있지요."

인권론자들은 사람들이 악해지는 데에는 다 이유가 있다고, 그래서 상황만 된다면 사람은 다시 선해진다고 이야기한다.

하지만 노형진이 오랜 시간 법률 쪽 일을 하면서 느낀 것은 절대적 악을 가진 녀석들이 존재한다는 것이다.

그들은 주변 사람이 아무리 기회를 주고 선을 행한다고 해도 절대로 바뀌지 않는다. 뼛속까지 악인 것이다.

그런 놈들을 보통 소시오패스라고 한다. 그들은 자신에게 이득이 된다면 뭐든 한다.

"그래서 어떻게 된 겁니까?"

"뭐, 뻔하지 않나?"

고등학교 졸업 후 바로 폭력 집단으로 스카우트되어 간 그는 가끔 연락을 주기는 했지만 사실상 집안과는 연이 끊어졌다. 아버지인 선우중 역시 사실상 그를 포기했고 말이다.

"그런데요?"

"그래도 아버지인지라 가끔 그 녀석이 잘 있는지 알아봐 달라고 하더군. 내가 나오기 전에 알아봤을 때, 인천 쪽에 있는 폭력 조직에서 일을 하고 있다고 들었네."

"조폭인가요?"

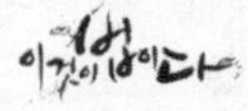

"그런 녀석들이 가는 방향은 비슷하니까."

"그건 그렇지요."

그런 악한 성향의 사람이 개인적으로 활동하다 보면 결국 보복당한다. 그렇다 보니 그들은 자연스럽게 조직을 만들거나 기존 조직에 들어가기를 원한다.

문제는 실제로도 그렇게 문제를 일으키고 다니는 녀석은 선배라는 작자들이 눈여겨보고 있다가 자기네 조직으로 끌어들이는 경우가 많다는 것이다.

고등학생쯤 된다면 폭력 조직이 무슨 구국의 영웅으로 보일 나이다.

더군다나 의리니 뭐니 하면서 일진 노릇을 하던 자들은 대부분 폭력 조직을 꿈의 직장쯤을 생각하는 경우가 많다.

"그런데 죽었다니요? 연락이 끊어지기라도 했답니까?"

"아니. 연락이 자주 온다고 하더군. 지금은 아니지만."

"연락이 자주 온다고요?"

"그래. 집에서도 내놓은 자식이고 거의 말도 안 했던 사이일세. 그런데 갑자기 연락이 온다고 하더군."

"뭐, 심경의 변화라도 일으킨 거 아닙니까?"

"그랬으면 좋겠지만 사람이 그렇게 갑자기 변하는 경우는 없다네. 오죽하면 사람이 변하면 죽을 때가 되었다는 소리까지 하겠는가?"

"그런 말이 있기는 합니다만, 도대체 어떻게 변했는데요?"

"보겠나?"

노형진에게 제법 두툼한 종이를 꺼내 보이는 김성식.

노형진은 그걸 보다가 고개를 갸웃했다.

"멀쩡한데요?"

거기에는 부모의 안부에 대한, 그리고 형제에 대한 걱정이 적혀 있었다. 그리고 자신이 일으킨 일 때문에 문제가 생겨서 잠시 도망 중이라는 사정 설명까지 말이다.

"그렇다네. 그래서 경찰에서 접수를 거부하고 있어. 멀쩡하게 살아서 도망치고 있는데 뭐가 실종이냐는 거지."

"그런데요?"

"이 녀석이 이런 문자를 보낼 녀석이면 애초에 내놓은 자식이 아니었을 걸세."

"네?"

"서로 문자를 주고받을 사이도 아니거니와, 주고받는다고 해도 무척이나 단답형이었네. 이건 몇 년 전에 주고받은 문자야. 다행히 지우지 않고 있더군."

다른 한 장의 종이를 주는 김성식.

노형진은 그걸 읽어 보고 입을 쩝쩝거릴 수밖에 없었다.

그럴 수밖에 없는 게, 거기에 있는 말은 반이 욕설이었기 때문이다. 다른 사람도 아니고 자기 부모인 아버지한테 이 정도로 욕설을 하는 인간이라면 멀쩡한 인간이라고 볼 수는 없었다.

“말하는 투가 완전히 바뀌었군요.”

“그래. 경찰에서는 사람이 바뀌었으니 그럴 수도 있다고 하면서 별거 아니니 집에서 기다리래.”

“미친놈들.”

애초에 사고를 쳐서 도망 다니고 있다는 것 자체가 뭔가 범죄와 연관되어 있다는 소리이다. 그러면 그걸 수사해야지, 집에 가서 기다리라니.

“이건 전혀 다른 사람이 쓴 것 같군요.”

“자네가 보기에도 그렇지?”

“네. 사람이 바뀌었다고 해도 버릇이 바뀌는 건 아니니까요.”

물론 욕설이야 진짜 사람이 바뀌었다면 더는 쓰지 않을 수도 있다. 그러나 버릇은 어쩔 수 없다.

“보세요. 과거의 문자들은 맞춤법도, 띄어쓰기도 엉망입니다. 하지만 최근 것은 그렇지 않네요. 맞춤법도 상당히 잘 맞고 띄어쓰기까지 제대로 하다니.”

맞춤법은 급하게 쓰다가 틀릴 수도 있지만 그 글자 자체를 잘못 알거나 핸드폰에서 자동 완성이 그렇게 될 정도로 오래 써서 생길 수도 있다.

그런데 그게 하루아침에 바뀐다?

“도망 다니는 사람이 국어 공부를 다시 했을 리는 없고.”

“그래서 죽었다고 생각하시는 거군요.”

“그래.”

다른 사람에게 실종된 피해자가 핸드폰을 맡겨서 문자를 보낼 이유는 없다.

만일 경찰의 추적을 피하고자 한다면 다른 핸드폰으로 보냈어야 정상이다.

"직감적으로 일이 틀어졌다고 생각했다고 하더군."

"그리고 김 변호사님은 기록을 보고 죽었다고 생각하시구요?"

"난 누군가 그의 핸드폰을 이용해서 문자를 보내면서 그의 죽음을 감추려고 한다는 느낌이 강하게 드네."

"저 역시 그렇게 생각합니다."

실제로 이런 사건은 가끔 일어난다. 그리고 대부분의 경우 경찰은 가족들의 신고를 무시한다.

아직까지 연락이 오고 있으니 피해자는 멀쩡하게 살아 있다는 황당한 논리다. 그래서 가족들의 이상하다는 주장은 받아들여지지 않는다.

"시체가 없으면 살인도 없다, 이게 문제군요."

수사의 기본 규칙.

일반적으로는 맞는 규칙이기는 하지만 세상의 모든 일이 그렇듯 가끔 예외가 있기 마련이다.

하지만 경찰은 그 예외를 인정하지 않으려고 하는 것이 문제다.

실종이나 가출 사건마다 시체도 없는데 살인으로 보고 수사할 수는 없으니까 일견 맞지만, 문제는 상대방이 전문가인

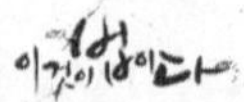

경우는 시체까지 처리할 능력이 된다는 거다.

"더군다나 이런 식으로 문자를 보내면 자세한 사정을 모르는 사람은 도망 다닌다고 생각할 테니까요."

물론 가까운 사람이나 가족은 그가 아니라는 주장을 할 테지만, 증거만 보고 움직이는 경찰의 입장에서는 계속 날아오는 문자야말로 살아 있다는 가장 확실한 증거다.

"흠……."

노형진은 사건의 문제점을 생각하면서 머리를 긁적거렸다.

"결국 경찰의 도움 없이 우리가 수사해야 한다는 소리군요."

"그래서 자네에게 부탁하는 걸세. 변호사들은 그런 것에 약하니까."

변호사들은 수사에 대해 잘 모른다.

주어진 정보를 따라다니면서 확인할 수는 있지만, 정보를 만들어 내야 하는 수사는 전혀 다른 것이다.

그리고 일부 검사 출신들을 제외하고는 대부분의 변호사들은 수사 방식을 잘 모른다.

"검사라고 해서 꼭 잘 아는 것도 아니고 말이야."

"그렇지요."

검사의 임무는 공소 제기를 하는 것이지 수사하는 것이 아니다. 그러니 수사하는 것을 모르는 검사도 많다.

검사가 수사를 하려면 적극적으로 가담해야 하는데 일반적인 검사들은 경찰이 수사한 것을 종합한 서류를 기준으로 공소 제기만 하기 때문이다.

"자네가 좀 도와줬으면 하네."

"이 결과가 좋지는 않을 겁니다."

"알고 있네. 하지만 그렇기 때문에 해야 한다고 생각하는 거야."

"네?"

"그는 조폭일세. 언젠가 이런 식으로 끝날 거라는 걸 가족들도 알고 있었지. 하지만 조폭이기 때문에 더 걱정되는 거야. 누가 그를 건드리겠나?"

"음……."

"더군다나 이 방식이 뭘 뜻하는지 알지?"

"알지요."

상대방의 핸드폰을 가지고 지속적으로 연락하면서 계속 살아 있는 것처럼 꾸민다?

그건 두 가지를 뜻한다.

첫째, 그가 살아 있다는 증거를 보여야 하는 처지에 있는 사람이라는 것.

둘째, 사전에 그에 대해 알고 있던 사람, 즉 주변 인물이라는 것.

"그리고 그 범인은 평소 알고 지내던 조폭 중 한 명이겠지."

"그렇겠지요."

조폭끼리 항쟁하는 곳 같은 데서 죽은 거라면 살아 있는

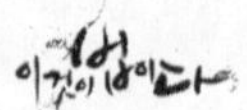

척할 이유가 없다.

그리고 애초에 시체를 감출 여유도 없다.

"같은 조직원이라 생각하시는 거군요."

"그거 말고는 이유가 없네."

"후우."

조폭이라는 말에 노형진은 한숨부터 나왔다.

'지난번에도 그러더니.'

조폭들과 엮이고 싶지 않지만 아무래도 법조계에서 일하다 보면 그러기가 힘들었다.

'더군다나 인천 지역이라면……'

지난번에 노점상 사건에서 만난 놈들은 그저 그런 작은 규모의 조폭들이다.

하지만 인천은 상당한 규모의 조직들이 많이 있는, 조폭들의 천국 같은 곳이다.

'어쩌면 그래서 그럴지도 모르지.'

경찰의 입장에서는 확실하지 않은 것으로 인천 지역의 조폭들을 건드리고 싶지 않을 수도 있다.

그들의 보복 대상에는 경찰도 포함되기 때문이다.

"부탁하네."

김성식의 말에 노형진은 고개를 끄덕거렸다.

"우리가 할 수 있는 데까지 해 보지요."

노형진은 시체가 없는 살인이라는 초유의 사건을 해결하

기로 했다.

⚖

"역시나……."

선우중과 함께 경찰서에서 나오면서 노형진은 한숨만 쉬었다.

"예상대로 기다리라는 말밖에 안 하는군요."

"이거 고발 못 합니까?"

"이 경우 고발해도 의미가 없어요."

상대방이 살아 있다는 문자를 계속 보내고 있는 상황에서 경찰이 수사를 안 하겠다는 것은 업무상 배임에 들어가지 않는다. 사건을 수사하기 위해서는 명확한 증거가 필요하기 때문이다.

"그러면요? 언제까지 이렇게 해야 한단 말입니까?"

"일단은 추적해 봐야지요. 시간이 좀 걸리더라도 말입니다."

노형진은 이런 사건을 처음 맡아 보지만 대충 방법을 알고 있었다.

인간의 머리는 비슷해서, 비슷한 짓거리를 하는 놈들이 적지 않았기 때문이다.

문제는 비슷한 짓거리에 계속 속는 경찰이다.

"그런데 아드님이 죽었다고 확신하시나 봅니다."

"후우, 이런 말 하긴 그렇지만 그 녀석은 살아 있어 봐야 사람들에게 피해만 주는 놈입니다."

아버지인 선우중이 이렇게 말할 정도면 그가 상당히 막나가는 삶을 살았던 모양이다.

"차라리 한편으로는 잘되었다 싶기도 합니다. 애 엄마가 슬퍼하기는 하지만……."

주머니에서 담배를 꺼내서 입에 무는 선우중.

그는 불을 붙이고는 깊게 담배 연기를 들이마셨다.

"그 녀석이 인천으로 가기 전까지만 해도 경찰이 우리 집에 매달 왔습니다. 매달요. 그런데 오는 사건이 매번 달라요. 소문이라고는 누구를 팼다는 소리밖에 안 들리던 놈입니다."

"그래도 자식인데요?"

"저도 노력했지요. 그런데 그거 아십니까?"

그는 씁쓸하게 웃으면서 머리를 숙여서 흉터를 보여 줬다.

머리카락에 가려져 있었지만 확실하게 머리에 흉터가 있었다.

"그 녀석이 만든 겁니다."

"뭐라고요?"

"그 녀석이 만든 거라고요. 아시다시피 그 녀석 동생들은 사람 구실을 하거든요."

그리고 한국에서는 어지간하면 대학에 다 간다. 당연히 동생들을 대학에 보내기 위해 만들어 둔 돈이 있다.

그럴 수밖에 없었다.

장남이라는 인간이 그 꼴이니 믿을 만한 건 동생들뿐이니까.

"그런데 2년 전에 나타나서는 그 돈을 내놓으라고 하더군요. 꼴이 그 꼴인지라 여기저기서 돈을 빌려서 쓰고는 갚지 않아서 신용 불량자가 되었더군요. 그때 부지깽이로 내 머리를 쳤습니다. 다행히 빗맞아서 머리가 찢어진 정도였습니다만."

그 짓거리를 하다가 동생이 경찰을 부르자 도망갔다고 한다.

"가족한테도 그런 짓거리를 하는 놈입니다. 그러니 다른 사람한테는 오죽하겠습니까?"

"음……."

"마누라한테는 미안하지만 우리 집에서 슬퍼하는 건 마누라뿐입니다."

"그런데 왜 범인을 찾으시려는 겁니까?"

그런 경우 사람들은 차라리 잊어버리려고 한다. 어차피 있어 봐야 골칫덩어리니까.

"그래도 자식 아닙니까? 최소한 범인을 잡고 장례는 치러 줘야지요. 제삿날도 모르면 너무하잖습니까? 자식은 없지만 동생들이 있으니 동생들이 살아생전에는 젯밥이라도 먹이고 싶지 않겠습니까? 나중에 동생들이 결혼해서 조카가 생기면, 그 애들이 제사를 지내 줄지는 모르겠지만."

아무리 후레자식이라고 해도 결국 자식이다. 최소한 범인은 잡아 줘야 저승이라도 편히 갈 것 같았기 때문에 신고하

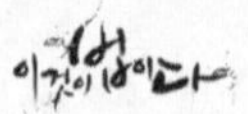

려고 한다는 것이다.

"그나마도 안 된다면 포기하는 수밖에 없구요."

"포기하지 않으셔도 됩니다. 이 문제는 선우중 님만의 일이 아니니까요."

이런 일은 흔하게 벌어지는 사건이자 사람들이 가장 많이 쓰는 트릭이다. 아니, 트릭이라고 할 만한 것도 없다.

"문제는 경찰이 수사할 의지가 없다는 건데."

멀쩡하게 문자를 보내서 살아 있다는 사실을 알려 주고 있는데 수사하려고 하는 경찰은 없다고 봐도 무방하다.

"가장 먼저 할 건 이 핸드폰으로 문자가 오는 걸 막는 것이겠군요."

그래야 뭐든 진행이 가능할 듯했다.

"하지만 어떻게요? 우리한테 녀석 핸드폰이 있는 것도 아닌데."

"방금 신용 불량자라고 하셨지요?"

"네."

"그러면 아드님은 핸드폰을 가지고 다녔나요?"

"요즘 시대에는 당연히……. 그러고 보니 핸드폰을 어떻게 가지고 다닐 수 있었던 거지?"

신용 등급이 낮은 사람은 핸드폰을 쉽게 쓸 수 없다. 일반적으로 핸드폰 요금은 자동 납부를 하기 때문이다.

게다가 핸드폰 자체의 가격이 보통 100만 원에 육박하는 시대이다 보니 쉽게 핸드폰을 주려고 하지 않는다.

"흠……."

단순히 신용 등급이 낮은 것도 아니고 신용 불량자인데 핸드폰을 개통해 줬을 것 같지는 않은 상황.

"그러고 보니 이상하네요."

물론 현금으로 낼 수도 있다.

그러나 생각해 보면 선우중의 말에 따르면 그의 말투가 바뀐 것은 몇 달 전이다. 당연히 그 핸드폰 요금이 지불되지 않았으니 정지됐어야 정상이다.

"한 가지 가능성이 있군요."

"어떤 가능성 말입니까?"

"확실한 건 아닙니다. 하지만 알아볼 가치는 있어 보이네요."

노형진은 핸드폰을 꺼내 들면서 진지하게 말했다.

"어쩌면 생각지도 못한 해결 방법이 나올지도 모르겠습니다."

⚖️

"알아봤는데 선불폰이더라."

"선불폰?"

"응."

노형진은 손채림에게 부탁해서 해당 핸드폰을 추적하도록 했다. 그러자 얼마 지나지 않아 어째서 그 핸드폰이 끊어지

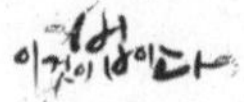

지 않은 것인지가 드러났다.

"선불폰이라…….."

"선불폰이 원래 이렇게 쉽게 쓸 수 있는 거야?"

"그래."

선불폰은 말 그대로 돈을 미리 내고 쓰는 폰이다. 그래서 일반 폰과 달리 신용 불량자나 외국인도 쓸 수 있는 물건이다.

하지만 지금은 그다지 알려지지 않은 물건이다.

'돈이 되는 건 고정 고객이니까.'

미래에야 널리 알려져서 여러 사람이 핸드폰비를 아끼려는 목적으로 사용하지만 지금은 핸드폰 회사에서 그다지 홍보하지도 않고 이미지도 좋지 않기 때문에 사람들이 그다지 쓰지 않는 것이다.

"하지만 신용 불량자에게는 이만한 것이 없지."

선불로 얼마 내고 나면 충분히 쓸 수 있으니까.

"그러면 살아 있다는 증거 아냐?"

"그게 문제야. 아무리 핸드폰을 쓰지 않는다고 해도 차감되는 것은 어쩔 수가 없거든."

처음에 얼마를 넣어 놨든 간에 선불폰은 마치 기본요금처럼 자동으로 차감되는 금액이 있다.

그런데 선우중의 말대로라면 그가 죽었다는 것인데, 그 상황에서 그걸 보충할 방법은 없다. 그러니 벌써 핸드폰이 끊어졌어야 정상이다.

"그런데 끊어지지 않았다는 것은 누군가 계속 충전하고 있다는 소리야. 그리고 선우혁이 진짜로 죽었다면 그건 아마도 범인이겠지."

아니면 진짜로 살아서 숨어 다니면서 연락하는 것이든가.

하지만 전자일 가능성이 훨씬 높지 후자는 아니다.

진짜로 쫓기는 중이라면 선불폰을 개통하거나 대포폰을 이용하지 기존 휴대폰을 이용할 가능성은 낮다.

선불폰은 번호만 알면 충전은 어렵지 않으니 결국 전자일 가능성이 훨씬 높아질 수밖에 없는 것이다.

"일단은 그걸 좀 알아봐야겠군. 그게 어디서 충전되고 있는지 알아봐 줄 수 있어?"

"그거야 어렵지 않지."

손채림은 고개를 끄덕거렸고, 노형진은 바로 자리에서 일어났다.

"그러면 일단 난 인천 쪽으로 가 볼게. 인천이 마지막으로 목격된 장소라고 하니 그곳을 좀 알아봐야겠어."

그렇게 사건은 빠르게 진행되어 갔다.

⚖

"모른다니까요."

대리점의 직원은 짜증스럽게 말했다.

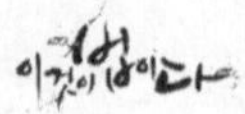

"모른다는 게 말이 됩니까? 자기 핸드폰도 아닌 남의 핸드폰을 현금으로 충전하고 갔는데."

정보 팀을 이용해서 최근에 선불폰을 충전한 곳을 찾아갔지만 그곳의 반응은 영 신통치 않았다.

직원은 귀찮다는 듯 손을 휘휘 저으면서 전혀 모른다는 반응을 보였다.

"핸드폰 요금 내는 사람이 얼마나 많은데 그래요?"

"요즘 같은 시대에 누가 핸드폰 요금을 일일이 현금으로 냅니까? 자동이체를 걸지."

"아, 진짜 모른다니까 왜 그래요?"

모른 척하면서 잡아떼는 직원.

노형진과 김성식이 몰아붙여 봤지만 그는 절대로 입을 열지 않았다.

"이봐요!"

함께 내려온 김성식이 결국 발끈하려는 찰나, 노형진이 그런 그를 말렸다.

"잠시만요."

발끈하는 김성식을 진정시킨 노형진은 그를 데리고 바깥으로 나갔다.

"왜 그러나? 조금만 밀어붙이면 말할 것 같은데!"

"말하지 않을 겁니다."

"아니, 왜?"

"신분을 아는 것 같으니까요."

"신분을 안다니?"

"이 가게와 다른 가게의 차이를 아시겠습니까?"

고개를 갸웃하는 김성식 변호사.

다른 가게와 다른 점이 전혀 느껴지지 않는 가게였기 때문
이다.

"나와서 보세요."

노형진은 김성식을 돌려세우고 뭔가를 가리켰다.

"뭔가 없지 않습니까?"

"아!"

이 근방에 있는 다른 핸드폰 가게에는 있는데 이곳에는 없
는 것. 그건 어떤 업무를 하는지에 대한 팻말이었다.

정확하게는, 선불폰에 관한 정보가 쏙 빠져 있었다.

주변의 모든 가게들이 선불폰 업무를 하는데 유독 그 업무
에 관한 안내만 빠져 있었던 것.

뭔가 드러내고 싶지 않은 것 같은데 도리어 주변이 다 선
불폰을 하니 도리어 드러나는 구조가 되어 버린 것이다.

"이게 뭐가 이상한가?"

"인천은 유동 인구가 많습니다. 특히 해외에서 오는 외국
인 노동자들과 선박에서 내리는 단기 체류자들이 많지요. 그
들은 한국에서 핸드폰을 개통하는 게 힘들죠."

외국인이 한국에서 핸드폰을 개통하기 위해서는 정부에

등록된 여권이 필요하다.

“그리고 이 동네에서는 그런 게 상당히 돈이 됩니다. 그런데 왜 여기는 그런 걸 안 할까요?”

“음? 선불폰 판매라…….”

선불폰 판매에 무슨 자격 조건이 필요한 것도 아니니 그냥 핸드폰 회사와 계약을 맺어서 팔기만 하면 된다.

그런데 이곳은 그 선불폰을 팔지 않는다고 한다.

“양심적인 것과는 관련이 없겠지?”

“관련이 없을 겁니다. 애초에 선불폰은 지극히 합법적인 거니까요.”

“그런데 왜 안 만들지?”

다른 곳에서 다 하는데 굳이 안 할 이유는 없다. 더군다나 그게 불법도 아니고 합법인데.

“잠깐 기다려 보죠.”

노형진은 김성식을 데리고 어디론가 향했다. 그리고 이틀간 그 핸드폰 가게를 조용히 관찰했다.

몇몇 사람들이 그곳을 들어갔다가 나오기는 했지만 특별한 이상은 없었다.

“이상은 없는 것 같은데?”

이틀간 사건을 진행하지도 못하고 물끄러미 그곳을 감시만 하자 김성식이 다급하게 말했다. 시간이 지날수록 범인이 도망갈 가능성이 높아지기 때문이다.

"겉으로 보기에는 그렇지요. 하지만 제 눈에는 이상한 게 확실하게 보이는군요."

"어떤 거?"

"외국인 손님들이 들어갔다가 나오는데 그중 종이봉투를 들고 나오는 사람은 없더군요."

"종이봉투라니?"

"이상하지 않습니까? 핸드폰 사 보셨잖습니까? 핸드폰을 사면 이것저것 여러 가지가 따라옵니다."

당장 핸드폰이 들어 있던 박스도 따라오고 거기에다가 기타 부속품이나 설명서 등도 따라온다. 그리고 관련된 필름이나 케이스 등도 사야 한다.

"그런데 들어갔던 외국인들은 하나같이 몸만 나오더군요."

"그게 우리와 무슨 관계가 있다는 건가?"

"핸드폰을 살 것도 아니라면 그들은 거기에 왜 간 걸까요?"

"마음에 안 들어서 그냥 나온 것이겠지."

"그런데 왜 그들은 딱히 이 가게 저 가게 알아보지도 않고 저곳으로 바로 들어갔을까요? 그리고 바로 떠났을까요?"

김성식은 그제야 노형진이 말하는 게 무엇인지 알아차리고는 그동안의 사람들의 행동을 되새겨 보았다.

그러고 보니 수많은 외국인들이 마치 당연하다는 듯이 그곳으로 들어갔다가 나왔고, 그 와중에 다른 곳은 전혀 쳐다보지도 않았다.

"저 가게는 핸드폰 골목의 정중앙에 위치하고 있지요."

만일 핸드폰을 사고자 했다면 오는 길이든 나가는 길이든 다른 가게에 들어가서 보든가 최소한 관심이라도 보여야 한다.

그런데 그들은 전혀 관심도 없이, 오로지 저곳에만 들어갔다가 나왔을 뿐이다.

"주변에 다른 곳도 있는데 저곳만 갑니다. 왜일까요?"

"확실히 이상하군. 정말 다른 곳에 관심도 안 가지고 있어."

김성식도 이상한 점을 느끼고는 고개를 끄덕거렸다.

"전 대충 알 것 같습니다."

"알 것 같다고?"

"네."

"뭐 때문에 외국인들이 저기 가는데?"

"대포폰."

"대포……폰…… 끄응……. 그러면 많은 게 설명되는군."

대포폰은 타인의 명의로 된 핸드폰을 말한다. 그리고 이러한 대포폰은 여러 가지 문제를 일으킨다.

그중 하나가 바로 범죄용으로 사용된다는 것이다. 사용자가 누군지 알 수 없기 때문이다.

"아무리 선불폰이라고 해도 결국 신분증은 필요하지요."

"그렇지."

현대의 핸드폰은 유심을 기준으로 운영된다.

가령 핸드폰을 바꿔도 유심만 바꿔 끼우면 자신의 핸드폰이 되는 것이다.

"저들이 그 유심을 선불폰으로 개통하고 돈을 받아 가는 거라면 말이 되죠."

"그리고 그렇게 개통된 유심은 불법적으로 판매되고 말이야."

"네."

어차피 외국인이라 누구인지 알 수도 없는 데다 이렇게 찾아오는 대부분의 외국인들은 선원들이다 보니 사건이 있던 당시에 망망대해나 외국에 있어서 추적할 수가 없다.

그런데 이러한 특성을 이용하여 이들이 만든 유심이 대포폰에 들어가 범죄용으로 사용되는 것이다.

"선불폰을 충전하는 건 어려운 게 아니니까요."

적당히 선불폰으로 사용하다가 혹시나 범죄에 연루되어서 추적되기 시작하면 버리면 그만이다.

그러면 추적은 무용지물이 된다. 당사자는 해외나 바다에 있으니 명의는 아무 의미가 없고 말이다.

"그렇다는 건……."

"저기가 조폭과 연계된 곳이라는 거죠."

한국에서 대포폰을 만들어서 파는 것은 당연히 불법이고 처벌도 이루어진다. 그런데도 저렇게 만들어 판다는 것은 고정된 소비처가 있다는 소리다.

명확한 수익의 가능성도 없이 무조건 만들 리 없다.

일단 저렇게 만들어 주는 외국인들에게 일정량의 수수료

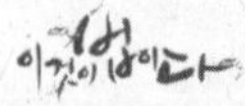

도 줘야 하고, 선불폰인 만큼 돈을 입금시켜 놔야 하기 때문
이다.

"결국은 고정적으로 팔 곳이 있으니 계속 만든다는 겁니다."

"그런데 왜 선불폰이라는 것을 홍보하지 않지?"

"일반적으로 선불폰이라고 하면 대포폰이라고 생각하는
사람도 많거든요. 그러니까 결과적으로 자기들이 의심받을
행동은 하지 않겠다는 뜻이지요."

거기에다 진짜 선불폰을 사겠다고 들어오는 사람들이 주
는 수수료보다는 차라리 대포폰을 만들어서 파는 돈이 훨씬
크다는 것도 이유 중 하나일 것이다.

"그렇다면 우리한테 말하려고 하지 않는 것도 이유가 있겠군."

"상대방이 누군지 아니까요."

일반적으로 핸드폰 관련 업무를 하기 위해서는 신분증을
내야 한다. 그런데 그 신분증을 받았다면 명의자와 동일하지
않았다는 것쯤은 알 수 있으니 당연히 흔적을 남겼어야 정상
이다.

"아마도 조폭과 연계되어 대포폰을 공급하는 업체일 겁니다."

"으음……."

"그럼 이야기해 줄 리 없지요."

해 줄 수가 없다. 그걸 이야기했다는 사실을 알게 된다면
조폭들이 보복할 것은 당연한 일이다.

아니, 그들의 보복을 받지 않는다고 해도 자신이 불법행위

로 인한 처벌을 받을 것은 뻔하니 이야기해 줄 가능성은 전혀 없다.

"그러면 어쩌지? 저 녀석들이 이야기해 주지 않는다면 누가 충전하는지 알 수 없을 텐데."

그걸 모른다면 선우혁이 죽었는지 살았는지, 그리고 범인이 누구인지도 알 수 없다.

"그럴 때 쓰라고 인맥이 있는 거 아니겠습니까?"

노형진은 김성식을 보면서 씩 웃었다.

인맥은 불법이 아니니까

"선배님!"

김성식을 보자 얼굴이 환해지는 남자.

그는 인천 지검의 검사장인 박강우였다.

선배인 김성식을 보자 얼굴이 반가움으로 가득해진 것이다.

"나가서 변호사 하신다더니 여기에는 어쩐 일로?"

"아, 그냥 안부차."

"에이, 선배님이 그냥 안부차 여기에 온 건 아닌 것 같은데요? 일단 앉으세요. 차라도 한잔하시죠. 이분은?"

"노형진이라고, 같이 일하는 변호사일세."

"노형진이라고 합니다."

"박강우입니다."

인사를 마친 두 사람이 자리에 앉자 얼마 지나지 않아 여직원이 커피를 가져다주었다.

박강우는 웃으면서 김성식을 바라보며 물었다.

"진짜로 여기까지 어쩐 일이세요? 변호사로 잘나간다는 소식은 들었습니다만."

"아, 사실은 의뢰받은 사건이 있어서 그걸 조사 중이야."

"네?"

약간 곤혹스러운 얼굴이 되는 박강우.

아무리 선배라고 하지만 청탁은 곤란하기 때문이다.

그리고 김성식은 그런 그의 마음을 충분히 알고 있었다.

"그런 표정 하지 마. 청탁은 아니니까."

"청탁은 아니라고요?"

"그래. 경찰에 접수된 사건도 아니고."

"뭐, 그렇다면야 얼마든지 도와드릴 수 있죠. 뭐가 궁금하신 건데요?"

"대포폰을 추적하고 있는데, 혹시 중앙텔레콤이라고 알아?"

"중앙텔레콤요?"

"그래. 아무래도 그쪽에서 대포폰이 나오는 것 같은데."

노형진의 계획은 단순했다.

대포폰에 관한 것을 찔러주면 검찰이 수사를 할 테니, 그러면 그곳의 기록을 자신들이 함께 뒤질 수 있게 되기 때문이다.

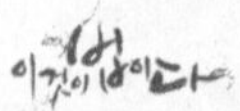

그런데 박강우의 행동이 이상했다. 약간 당황한 듯한 눈빛
이 된 것이다.

"지금 중앙텔레콤이라고 하셨어요?"

"그런데 왜?"

"잠시만요."

그는 일어나서 문 바깥으로 나갔다가 다시 들어왔다. 그리
고 창문의 블라인드까지 내리고는 다시 의자에 앉아서 나지
막하게 물었다.

"중앙텔레콤 맞아요?"

"무슨 일인데?"

그 행동이 무슨 의미인지 모를 리 없는 김성식이다. 자신
이 검사로서 수십 년을 살았는데 그걸 모르겠는가?

"선배님 사건이 거기와 연관되어 있으시다는 거죠? 의뢰
인이 누군데요?"

"선우중이라고, 내가 아는 선배님이야. 아들이 사라졌거
든. 그런데 그 아들 명의의 선불폰이 거기서 충전되었더라
고. 선우혁이라고."

"선우혁…… 선우혁……."

그 이름을 몇 번 곱씹던 박강우는 한층 목소리를 낮췄다.

"이름이 낯익군요."

"너도 알 수도 있지. 내가 알기로는 이쪽 바닥에서 어깨
노릇 하고 있었다고 하니까."

잠시 침묵을 지키던 박강우는 굳은 결심을 한 건지 천천히 입을 열었다.

"선배, 선배님을 믿어도 되는 겁니까? 아니, 선배님 성격에 애먼 짓을 할 리는 없고……. 그 선우중이라는 사람, 확실한 거예요?"

"내 중학교 선배야. 무려 40년 넘게 알고 지낸 사람이다. 무슨 일이야?"

박강우는 굳은 결심을 한 듯 천천히 입을 열었다. 그 이야기는 상당히 무거웠다.

"지금 이쪽에서는 항쟁이 계속되고 있어요."

"항쟁이?"

"네."

항쟁이란 조폭들 간의 싸움을 말한다.

물론 세력 다툼이야 자주 일어나는 일이지만 항쟁은 의미가 다르다. 둘 중 하나가 죽을 때까지 싸운다는 의미이기 때문이다.

"인천 지역에 신흥 조직이 급속도로 커지고 있는데, 그곳에 대포폰을 공급하고 있다고 의심되는 곳이 중앙텔레콤이에요."

"으음……."

한 조직에게 대포폰을 공급한다는 것은, 즉 그들과 함께하는 사이라는 소리다.

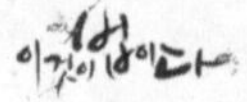

“그런데 왜 그렇게 조심하는데? 항쟁이면 시끄러울 텐데?”

단순 싸움도 아닌 항쟁 정도면 일이 커진다.

보통 일정 지역에서 항쟁이 벌어지면 그 지역의 경찰과 검찰은 발칵 뒤집어진다.

그런데 이곳은 평소와 그다지 별반 다를 바 없는 모습을 보이고 있었다. 그럼에도 불구하고 이렇게 조심하다니 이해가 가지 않는 김성식이었다.

“그러니까 문제입니다. 필요 이상으로 조용하지요.”

“설마…….”

박강우가 말하는 게 뭔지 알아차린 노형진의 얼굴이 딱딱해졌다.

“위에서 무마시키는 겁니까?”

노형진은 심각한 얼굴로 물을 수밖에 없었다. 그거 말고는 지금의 침묵을 설명할 방법이 없었다.

“맞습니다. 말씀은 많이 들었습니다만 눈치가 빠르시군요.”

“으음…….”

노형진이 혹시나 하는 마음에 한 말에 수긍하는 박강우.

그러자 김성식의 얼굴은 사정없이 일그러졌다.

“항쟁을 무마할 정도면 상당히 위쪽 라인일 텐데?”

“그러니까요. 저도 그 녀석들을 털어 보려고 했는데 실패했습니다. 영장이 안 나오더군요.”

“영장이 안 나와?”

“네.”

지금까지 몇 번이나 의심스러운 정황이 드러났고 살인 현장에서 나온 핸드폰도 그곳에서 개통된 경우가 적지 않았다.

그래서 매번 영장을 청구했지만 단 한 번도 영장이 나오지 않고 있는 상황이었다.

“설마 신흥 조직이…… 중국계입니까?”

“어떻게 아신 겁니까?”

‘그거야…….’

회귀 전 기억이 있으니까 알고 있는 것이다.

어느 시점을 기준으로 인천의 조폭계의 권력이 중국계로 넘어갔기 때문이다.

그리고 그들은 점차 전국에 중국인이 많은 곳을 기준으로 해서 자신들의 구역을 넓혀 갔다.

이게 회귀 전 노형진이 알고 있던 한국 조폭에 대한 정보 중 하나였다.

“그냥 그럴 것 같았습니다. 그렇게 위쪽까지 뇌물을 주면서 관리할 수 있는 국내 조직은 없으니까요.”

한국 내에 고만고만한 수준의 조폭들은 적지 않다.

하지만 대부분의 조폭들은 그저 지역 조폭 수준이지, 정치권이나 상위권에까지 로비할 수 있는 전국구급 조폭은 없다.

아예 없는 것은 아니지만 그런 곳은 대부분 양성화되었다고 봐야 한다. 당연히 그들이 피를 흘려 가면서 무리하게 항쟁을 벌일 이유는 없었다.

"검사를 했어야 하는 분인 것 같네요. 우리는 그렇게 생각하고 있습니다. 중국계 조폭들이 이쪽으로 넘어오고 있지요. 그리고 이 정도로 관리하려면 중국계의 자본력이 아니면 불가능하고요."

"그러면 네가 조심하는 건?"

"몇 번 당했습니다. 얼마 전에 가벼운 징계도 먹었구요."

박강우가 조사하자 그걸 멈추라고 일종의 경고를 보낸 것이다.

"그래서 현재는 비밀리에 하고 있습니다. 만일 이게 드러나면 여러모로 피곤하니까요."

"중국계라……. 곤란하군요."

"그렇지."

노형진의 말에 김성식도 심각한 얼굴이 되었다.

"일통되는 것도 머지않았겠군요."

"그럴 거라 생각합니다."

중국계 조폭들은 한국에서 두려워하는 게 없다.

일단 중국에서는 사람을 죽이면 사형당한다. 게다가 단순히 사형으로 끝나는 게 아니라 사형이 집행된 죄수의 장기를 팔아먹는다는 소문도 있는 상황이다.

어떻게 간신히 사형을 면한다고 해도 그 감옥에서의 삶도 편하지 않다.

어떤 면에서는 죽는 것보다 더 비참할 정도로 중국의 감옥의 삶은 열악하다.

그에 반해 한국에서는 사람을 죽여도 길어야 15년이고, 중국과 비교도 할 수 없는 편안한 환경에서 먹여 주고 재워 준다.

적당히 핑계만 대면 악질 살인범이라도 10년, 아니 5년까지도 형을 줄여 주는 게 대한민국이니까.

"거기에다 중국 정부도 압력을 넣을 테구요."

"그게 문제입니다."

아무리 한국에서 범죄를 저질렀다고 해도 한국 대사관과 다르게 중국 대사관은 자국민 보호를 공격적으로 한다. 당연히 정치적 압력도 적지 않게 들어온다.

"더군다나 중국으로 도망치면…… 대책이 없겠군요."

미리 표를 끊어 두고 누군가 죽이고 바로 중국으로 떠 버리면 한국에서는 그를 잡을 방법이 없다.

물론 중국 정부에다가 송환을 요청하지만 단 한 번도 송환된 적이 없다.

애초에 잡으려고 수사하지도 않는다. 검문하다가 걸리면 잡는 거고 아니면 마는 거다.

"선배님, 여기 인천항에 가 보셨습니까?"

"거긴 왜?"

"매일매일 몇 번씩이나 한국과 인천을 오가는 배가 있지요. 그리고 그 배마다 중국인이 가득합니다. 물론 대부분이

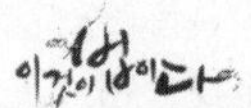

관광객이에요. 문제는 그 안에 숨어 들어오는 범죄자들입니다. 그걸 다 걸러 낼 수도 없어요. 차라리 들어와서 잠수 타다가 사고 치면 추적이라도 해 보겠는데 아예 사고 칠 작정으로 타인의 명의를 도용하고 관광객으로 위장해서 들어오는 킬러들은 방법이 없다니까요.”

“그 정도냐?”

“선배님이 여기에 제대로 안 와 보셔서 그래요. 농담이 아니라, 매주 중국계 조폭 녀석들이 최소 소대 단위로 보급된단 말입니다. 그런 놈들이 한국 애들 쑤시고 도망가는데 어떤 조직이 이깁니까? 한국 조직 규모는 선배님도 아시잖습니까?”

“으음…….”

1개 소대면 쉰 명이다.

물론 그들이 다 남는 건 아닐 테지만 그 숫자만도 어마어마하다.

“한국계 조폭들은 아무리 커 봐야 쉰 명? 예순 명?”

김성식 변호사는 기억을 더듬어서 이 지역 조폭의 규모를 생각해 봤다.

이 지역은 이권이 많다. 그래서 그런지 개나 소나 달라붙어서 의외로 자잘자잘한 조직이 몰려 있는 편이었다.

그 말이 맞다는 듯 박강우는 고개를 끄덕거렸다.

“그나마 제일 큰 게 한 이백 명이나 되려나요. 그것도 조직원뿐만 아니라 그 아래에 있는 양아치 새끼들까지 다 포함해서.”

전국구급 조폭이 사라진 한국에서 이백 명이면 작은 규모가 아니다. 하지만 매주 1개 소대씩 보충되는 중국 조직과는 애초에 비교 자체가 불가능한 것이다.

"결국 인천 쪽은 중국계 애들한테 넘어갈 겁니다."

"확신하냐?"

"네."

박강우는 확신하는 듯한 얼굴이었다.

그리고 그건 사실이다. 매주 쉰 명이라면, 한 달이면 인천 최대 조직과 비등한 숫자를 가지게 된다.

"지금 상황이 어떤지 아십니까? 인천 지역 조폭 새끼들이 뭉쳤어요."

"뭐? 그 녀석들이?"

"자기들도 살아야 하니까요. 조폭 애들이 살려고 발악한다는 게 웃긴 일이기는 한데."

자기 말을 안 들으면 들이닥쳐서 반병신을 만드는 건 흔한 일이고 여차하면 중국에서 킬러를 데리고 와서 담가 버리니 인천 지역의 조폭들도 살려고 아등바등하는 지경이라고 했다.

"웃기는군."

상황이 웃기게 되어 가자 김성식은 할 말을 잊어버렸다.

"그러면 그 중앙텔레콤이 그 조직에 대포폰을 공급한다 이거죠?"

"그럴 거라고 생각합니다. 아니, 확실하죠. 문제는 그걸

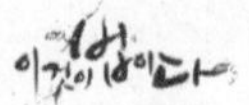

털어 낼 수가 없다는 거지.”

“흠…….”

노형진은 그 말을 조용히 듣고 있었다.

대충 상황이 이해가 간다. 거기서 일하던 직원이 절대 알려 주지 않은 이유를 알 것 같기도 했다.

“어느 쪽이었습니까?”

“응?”

“선우혁 말입니다, 마지막으로 알아봤을 때 여기서 조직원으로 있었다고 하셨잖습니까? 어느 조직이었나요?”

“글쎄, 그건 가물가물한데?”

노형진의 질문에 김성식은 고개를 갸웃했다.

선우혁이 있던 조직이 어떤 조직인지 확실하게 기억나지 않았기 때문이다.

“그게 중요한가요?”

“중요합니다. 만일 우리 예상대로 죽었다면 선불폰을 충전할 이유가 없지 않습니까? 중국계 조직과의 분쟁에서 죽은 거라면 말이지요.”

“으음…….”

확실히 그렇다.

중국 애들이 그 핸드폰을 쓸 일도 없는데 보충할 이유는 없다. 그렇다고 조직원들이 보충할 이유도 없고 말이다.

더군다나 살아 있다고 보낼 이유는 더더욱 없다.

"제가 좀 알아볼까요?"

"그래 줄 수 있겠나?"

"어려운 게 아니니까요. 명단 정도는 저도 가지고 있으니까."

박강우는 나가서 잠시 서류를 뒤지는 듯하더니 서류철 하나를 가지고 왔다.

그리고 그 안에서 기다란 명단을 하나 꺼내 들었다.

"망굴파 소속이었군요."

"망굴파?"

"인원이 일흔 명쯤 되는 중소 조직이었습니다."

"……이었습니다? 설마 항쟁에서 진 겁니까?"

노형진의 질문에 그는 고개를 흔들었다.

"아니요. 아무리 막장이라고 해도 무조건 죽이면서 시작하지는 않아요. 일단은 항복을 먼저 요구하죠. 그리고 망굴파는 사태 초기에 가장 먼저 항복한 녀석들 중 하나입니다. 지금은 흡수되었지요."

그렇다면 지금은 중국계 조직원이라는 소리다.

'그런데 왜 문자를 보냈을까?'

이해가 가지 않는 부분이다.

문자를 보낸 목적은 그가 살아 있다는 착각을 하게 하는 것이다.

물론 그의 말대로 진짜로 도망 다닐 수도 있다.

하지만 박강우의 말로는 그에 대한 영장은 나온 게 없다고 하니 도망을 다닐 이유가 없다.

　다른 조직에게 쫓길 수도 있겠지만 이 지역은 항쟁 중인데 그를 쫓을 여유가 있을 리가 없다.

　'그렇다면 이유가 있어야 하는데. 왜 살아 있어야 한다는 생각을 해야 할까…….'

　그건 여전히 미스터리였다.

　그러나 한 가지 확실한 것은 있었다. 일이 생각보다 쉽게 끝나지는 않을 것이라는 것.

⚖

　"이건 심각한 일일세."

　노형진을 보는 김성식의 얼굴은 어느 때보다 진중했다.

　"상대방은 중국계 조폭이고 결코 만만한 녀석들이 아니야. 검사들조차도 꺼리는 대상이지. 그리고 상황을 보아하니 그 녀석들, 분명히 뇌물도 썼을 거야."

　"압니다."

　"자네가 감당하지 못할 수도 있어."

　"그럴 수도 있지요. 하지만 그렇다고 해서 우리가 물러날 수는 없습니다."

　김성식이 우려하는 것은 다름 아닌 노형진의 안전이었다.

　상황이 좋지 않아서 경호 팀까지 불러오기는 했지만 그렇다고 해서 모든 게 해결된 것은 아니다.

"애초에 의뢰는 살인범을 찾아 달라는 것이었습니다. 그러니 최소한 살인범을 찾아야지요."

"으음……."

노형진이 물러날 생각을 하지 않자 김성식은 더 이상 말리려고 하지 않았다.

이미 노형진이 한번 결정한 것은 무르지 않는다는 것을 알고 있기 때문이다.

"자네 의견은 알겠네. 그런데 무슨 수로 범인을 찾는단 말인가?"

김성식의 인맥을 통해 영장을 받아 내려는 계획은 실패했다.

도리어 박강우가 건수가 있으면 달라고 할 정도로 중앙텔레콤에 대한 보호는 막강했다.

"일단은 다른 조직원들을 찾아보는 게 좋지 않을까요?"

과거의 조직원이라면 선우혁의 상황에 대해 알고 있을지도 모른다.

죽었는지 살았는지만이라도 확실히 알 수 있다면 아마도 길을 찾을 수 있으리라.

⚖

"우리는 그런 녀석 몰라."

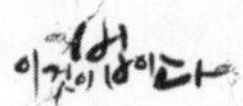

노형진의 질문에 딱 잡아떼는 남자.

'모를 리 없을 텐데.'

노형진은 눈앞에 있는 사람을 보면서 속으로 숨을 삼켰다.

그는 선우혁이 있던 망굴파의 행동대장이었다.

보스가 결국 항복을 결정하면서 함께 항복하기 싫었던 사람들은 나갈 기회를 줬는데, 그 당시에 나온 사람이었다.

"다 알고 있습니다. 당신 아래에 있었을 텐데요?"

"모른다니까."

"그래요?"

노형진은 스윽 주변을 둘러보았다. 그리고 자신의 핸드폰을 들었다.

"여기 위생 상태가 그다지 좋아 보이지 않는데 보건소에 신고하면 과연 어떻게 될까요?"

앞치마를 하고 있던 남자는 얼굴을 찌푸렸지만 말은 하지 않았다.

'두렵기는 한 모양이군.'

그가 하는 가게는 작고 허름했다.

조직에서 나온 후 아마도 어떤 조직에도 들어갈 수 없었을 것이다.

그 세계에 남으려면 중국 조직의 노예가 되든가 반대파에 들어가서 항쟁하든가 해야 하는데, 어느 쪽이든 그 끝이 좋지 않을 거라는 것쯤은 알고 있었을 테니까.

"그냥 말씀해 주십시오. 해가 가는 것도 아니지 않습니까?"

"씨발, 그걸 어떻게 알아? 너희들이 중국 새끼들이랑 엮여 봐야 그런 소리가 안 나오지."

절대 모른 척하는 남자.

노형진은 곤란했다.

슬쩍 협박도 해 봤지만 그 정도로는 꿈쩍도 하지 않고, 그렇다고 다른 조건을 달 수도 없다. 그는 조폭이고 그다지 쓸 만한 사람이 아니니 고용한다는 말도 할 수가 없다.

'내가 자선사업을 하는 건 아니니까.'

설사 한다고 해도 구제해 줄 사람이 넘치는데 그를 구제해 줄 생각은 없다.

'부모의 정에 호소하는 것도 의미가 없고.'

그 방법은 이미 써 봤다.

걱정하고 있는 가족은 생각해 봤느냐, 죽었는지 살았는지만 알면 된다, 결코 피해는 주지 않겠다, 그런 식으로 이야기해 봤지만 그는 여전히 말이 없었다.

'하긴…… 그런 말에 감정의 동요를 일으킬 사람이면 애초에 조폭 노릇을 하지도 않았겠지. 그나저나 이런 것에도 꿈쩍을 하지 않다니, 중국 녀석들이 무척이나 무섭기는 한 모양이군.'

노형진은 그렇게 생각하면서 문밖을 보다가 움찔했다. 거기에는 모른 척하면서 서 있는 두 사람이 있었기 때문이다.

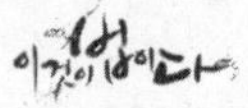

자신이 그쪽을 돌아보자 모른 척 고개를 돌리는 두 사람.

'그랬군.'

혹시나 자신에게 저항할까 봐 감시하고 있었던 것이다.

매주 1개 소대씩 인원이 동원되고 있다고 하니 감시 인원을 붙이는 것도 어려운 일은 아닐 것이다.

더군다나 단순 조직원도 아니고 행동대장쯤 되면 다른 조직원을 규합해서 습격할 수도 있기 때문이다.

'오호라?'

한데 그들의 행동을 보니 문득 해결책이 생각났다.

"뭐, 그렇게 말씀하신다면 나중에 다시 오지요."

"지랄하지 마. 나중에 온다고 내가 말할 것 같아?"

"그건 상관없지요."

"뭐?"

"다음번에는 서류 가방에 돈을 든든하게 채워서 올 겁니다. 그리고 그걸 당신에게 줄 겁니다. 당신이 안 받아도 난 상관없어요. 우리는 그걸 여기에 두고 갈 테니까."

"뭐라고?"

"그러면 저 바깥에 있는 중국인들은 무슨 생각을 할까요?"

남자의 얼굴색이 새파랗게 변했다.

자신이 생각하는 그대로 생각할 가능성이 높기 때문이다.

'호랑이를 뒤에 둔 여우라고 하지.'

이솝우화에 보면 여우가 호랑이를 속여 자신의 뒤를 따라다

니게 하고는 다들 자신을 보고 도망친 것으로 오인하게 해서
자신이 밀림의 왕으로 군림하고 있다고 속이는 장면이 있다.

다른 짐승들이 두려워하는 건 자신들이 아니라 중국인이
다. 그러니 노형진의 어쭙잖은 협박은 통하지 않는 것이다.

'하지만 그 중국인들이 오해할 상황만 만들어 주면 된다.'

그러면 중국인들은 알아서 손써 줄 것이다.

그리고 그걸 피하고 싶다면 남자가 해 줄 수 있는 건, 다시
는 노형진이 찾아오지 못하게 하는 것뿐이다.

"이런 씨발……."

무슨 뜻인지 알아챈 남자는 사정없이 얼굴을 구겼다.

"딱 5분 드리겠습니다. 5분 후에는 물러날 거고, 적지 않
은 돈을 가지고 올 겁니다. 하지만 여기서 필요한 정보를 얻
는다면 올 필요가 없지요."

"이 개새끼, 너희가 그러고도 인간이냐?"

"우리는 변호사입니다."

미국에서는 지옥행 1순위라고 할 만큼 변호사는 미움을
받는 직업 중 하나다. 그만큼 승리를 위해서라면 무슨 일이
든 하기 때문이다.

무엇보다 노형진은 두려워할 이유가 없었다. 어차피 오늘
하루 지나면 안 볼 사이인데 뭘 두려워하겠는가?

"너희랑 이야기하면 다 안다고."

"설마 깡패 노릇 하시던 분이 대포폰 하나 없겠습니까?"

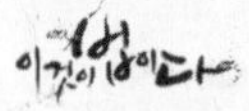

노형진이 이죽거리자 그는 벗어날 수 없다는 얼굴이 되었다.

"여기 저희 전화번호를 놓고 가겠습니다. 내일 안 뵙게 되면 좋겠군요."

"야, 이 개새끼야!"

나가는 노형진과 김성식에게 날아오는 욕설 그리고 소금.

김성식은 걱정스러운 얼굴이 되었다.

"전화를 하겠나?"

"할 겁니다."

그러지 않는다면 내일 가방을 들고 오는 수밖에 없으니 말이다.

⚖️

−개놈의 새끼.

늦은 시간, 낯선 번호가 노형진의 핸드폰 액정에 떴다.

전화를 받자 그 너머에서 남자의 목소리가 들렸다.

"결심하신 겁니까?"

−결심? 다른 선택지나 줬냐, 이 씨발 새끼.

"원하는 금액이라도?"

−닥쳐. 네 면상이 보이면 차라리 너를 쑤셔 버리고 내가 감방에 가고 말 거다.

노형진은 피식 웃었다. 진짜 그럴 거면 전화할 리 없기 때문이다.

"사실만 말씀해 주시면 거기에 저희가 갈 이유는 없지요. 선우혁 씨는 어떻게 된 겁니까?"

―몰라, 인마.

"진짜 모르시진 않을 텐데요?"

―진짜 몰라. 나 나오고 중국 애들한테 들어간 건 아는데, 그다음에는 못 봤다.

"소문도 못 들으셨습니까? 아예 소식도 없을 것 같지는 않은데."

―이 바닥 녀석들이라면 뻔한 거 아니냐? 중국 새끼들이 어디다가 몸빵으로 썼겠지. 하루 이틀도 아니고

그렇게 흡수된 조직원들의 대우는 좋지 않았다.

중국계 조직원의 하위직에 두거나, 항쟁에서 소위 말하는 '몸빵'으로 내몰았다고 한다.

―내가 듣기로는 몸빵으로 갔다가 실려 갔다고 했다.

"몸빵요?"

―그래.

그다지 중요한 정보는 아니다.

그렇다면 병원으로 갔을까?

그것도 아닐 것이다.

이 지역을 집어삼키려고 오는 녀석들이라면 당연히 의사 정도는 데리고 왔을 것이다. 칼에 찔린 채로 병원에 실려 가

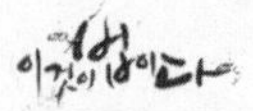

면 무조건 경찰에 신고될 테니까.

–그 후에는 봤다는 인간 없다.

"그래요?"

결국 몸빵으로 사용되고 죽은 것 같았다.

그러나 이건 흔하게 벌어지는 일이니 이상할 것은 없다.

'그런데 왜 선우혁의 가족에게 계속 문자가 간 거지?'

몸빵으로 죽은 사람들 모두에게 그렇게 할까? 가족이 걱정할까 봐?

그렇게 자비로운 사람이 조폭 노릇을 할 리 없다.

더군다나 항쟁을 하다 보면 부지기수로 다치거나 죽기 마련이다. 그런데 그들 모두에게 이런 일을 해 줄 리 없다.

'선우혁이 특별한 이유가 있을 텐데…….'

노형진은 여전히 그 이유를 알지 못하고 있었다.

하지만 직감적으로 그 이유가 이번 사건의 열쇠라는 것을 느꼈다.

–멍청한 새끼. 군번줄을 무슨 부적처럼 들고 다니던데 그게 무슨 효과가 있다고. 차라리 나처럼 같이 나올 것이지.

안타까움 때문인지 아니면 짜증 때문인지 투덜거리는 남자의 말.

그런데 노형진은 그 부분에서 이상하다는 생각이 들었다.

"군번줄요? 선우혁이 그 군번줄을 가지고 다녔습니까?"

–그래. 자기는 수혈을 잘못 받으면 좆 된다고, 매일 하고

다니더라. 잘못해서 담기면 큰일 난다고. 멍청한 놈 아니냐? 그렇게 담기기 싫으면 애초에 그만두든가.

툴툴거리는 남자의 목소리.

하지만 그의 툴툴대는 말에는 중요한 게 없었다. 중요한 것은 선우혁이 군번줄을 하고 다녔다는 것이다.

"확실합니까?"

─그렇다니까.

"이유가 자기 수혈 잘못 받으면 죽어서였다고요?"

─씨발, 그래. 그냥 아무거나 수혈받으면 되는 거지, 멍청하긴. 뭐, O형인지 뭔지는 아무나 할 수 있다던데.

그는 상식선에서 말하고 있었지만 노형진에게는 이미 그의 말이 들리지 않았다. 머릿속에서 거대한 퍼즐이 완성되어가고 있었던 것이다.

⚖️

"아드님의 혈액형이 뭡니까?"

"네?"

노형진의 질문에 선우중은 어리둥절했다.

"그게 이번 사건하고 관련이 있나요?"

"있습니다. 어쩌면 이건 단순히 아드님의 실종 수준의 일이 아닐 수도 있습니다."

“어…… AB형인데요?”

“AB형요?”

“네.”

그 말을 들은 노형진은 다시 시선을 돌려서 박강우 검사를 바라보았다.

여기서 최종적인 결과를 내기 위해 박강우와 선우중까지 부른 것이다.

“그럼 박강우 검사님, 한 가지만 여쭙겠습니다. 지금 중국계 조폭과 한국계 조폭은 항쟁 중이라고 하셨지요?”

“그렇습니다만?”

“그럼 병원에 신고되는 경우는 많습니까?”

“없다고 봐야지요. 뭐, 이런 일이 벌어지면 기본적으로 어둠의 의사를 찾아가니까.”

어둠의 의사란 신고하지 않은 채로 진료해 주는 사람을 말한다.

이런 싸움으로 인한 자상은 경찰에 신고하도록 되어 있지만 그들은 신고하지 않는 대신에 적지 않은 돈을 받는다.

“하지만 그들은 실수를 많이 하지요?”

“그렇습니다.”

아무리 어둠의 의사라고 해도 결국은 개인의 수준이다. 장비도 인원도 부족하니, 이런 비상사태에 보통 가는 종합병원에 비하면 실수도 많이 하고 실력도 부족하다.

그리고 조직원이었던 선우혁이라면 그 사실을 알고 있을 가능성이 높다.

"선우혁은 죽은 것 같군요."

"으음……."

노형진의 확신에 선우혁의 아버지는 신음을 냈다.

예상하고 있었다곤 해도 남의 입을 통해 듣는 것은 느낌이 전혀 다르기 때문이다.

"그걸 아니까 시작한 거 아닌가? 그런데 왜?"

김성식은 노형진의 말에 어리둥절하게 물었다. 선우혁의 혈액형이 무슨 상관이란 말인가?

"확실하게 하고 싶은 게 있었습니다. 선우혁은 AB형이라고 했지요?"

"그렇습니다만."

"그러면 RH⁻인가요? 아니면 RH⁺인가요?"

"네? 그게 뭔가요?"

그게 뭔지 몰라서 다시 물어보는 선우중.

다른 사람들도 언뜻 이해하지 못하는 듯하자, 노형진은 차분하게 그에 대해 설명하기 시작했다.

"보통 사람들이 아는 혈액형은 A형, B형, C형 그리고 AB형이 있습니다. 그런데 사람들이 잘 모르는 혈액형이 있지요. 저 모든 혈액형은 RH⁻와 RH⁺로 다시 나뉩니다. 그리고 RH⁻인 사람은 똑같은 RH⁻의 피만 받을 수 있지요."

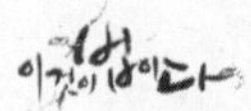

"그게 무슨 상관인가?"

"여기서 문제가 되는 건 AB형이라는 점입니다."

증언에 따르면 선우혁은 군대에서 받은 군번줄을 언제나 차고 다녔다고 한다. 잘못 수혈받으면 자신은 골로 간다면서 말이다.

"AB형은 다른 혈액형 모두에게서 수혈받을 수 있습니다. 그런데 왜 그런 소리를 했을까요?"

"응?"

그러고 보니 이상하다.

아무 피나 받아도 상관없는 사람이라면 굳이 그럴 필요가 없다. 귀찮을 뿐이니까.

"다만 AB형이라고 해도 RH⁻는 RH-의 피만 받을 수 있지요."

"그러면 선우혁이 RH⁻라는 건가?"

"네. 병원 기록을 확인해 보면 확실하게 알 수 있을 겁니다."

그렇다면 이해가 간다. 만일 다른 RH+의 혈액을 수혈받으면 죽을 테니까.

"문제는 아시아계에서 RH⁻는 0.8% 정도밖에 되지 않을 정도로 희귀한 혈액형이라는 겁니다. 그리고 그중에서도 AB형은 다른 혈액형에 비해 무척이나 그 수가 적지요. 아마도 선우혁은 희귀성으로 보면 0.2% 이내일 겁니다."

김성식의 얼굴은 딱딱하게 굳기 시작했다. 슬슬 노형진이 말하고자 하는 것이 뭔지 알아차린 것이다.

"설마……."

"설마라니? 무슨 말인가?"

불안감에 재차 물어보는 선우중. 그리고 대충 이해가 가는지 씁쓸한 얼굴이 되는 박강우.

"일반적으로 사람의 장기는…… 아주 고가에 거래됩니다. 대기자는 많고 지원자는 부족하니까요. 거기에다가 RH⁻의 장기는 그 희귀성 때문에 심각하게 부족하지요."

"내…… 내 아들이…… 내 아들이……."

"일반적으로 사람의 장기의 가격을 매길 때 불법 장기 매매 시스템에서 대략 18억 정도의 가치가 책정됩니다. 피는 그나마 소멸되고 새로 생성되는 거니까 살아 있는 사람에게서 빼내도 문제가 안 되지요. 문제가 되는 것은 장기……. 희귀한 것은 언제나 비쌉니다. 아마…… 동양계의 RH⁻ 장기라면 최하 50억. 만일 해당 장기가 절실하게 필요한 부자가 있다면…… 100억 이상도 가능하지요."

선우중은 와들와들 떨었다.

그저 죽었을 거라고만 여겼지, 설마 장기 밀매를 당했을 거라고는 생각도 안 했기 때문이다.

"설마……."

김성식은 노형진의 말을 무척이나 심각하게 받아들였다. 그게 절대 농담이 아니라는 것을 알고 있기 때문이다.

그도 그 자리에 올라가면서 미국에 연수를 간 적도 있었기에 살 수만 있다면 더한 돈을 낼 부자들이 많다는 것을 알고 있었다. 그리고 그중에 RH⁻ 타입의 부자가 없으라는 법은 없다.

"이럴 수가…… 아닙니다. 그럴 리 없습니다. 그럴 리가……."

"후우."

노형진은 가슴이 답답해지는 기분이었다. 이건 생각지도 못한 일이었기 때문이다.

"아마도 처음에는 몰랐을 겁니다. 하지만 항쟁 중에 다쳤을 테고, 어둠의 의사에게 갔겠지요. 그리고 자신의 특이성을 말했고……."

중국에서 데리고 온 어둠의 의사라면 그 몸의 값어치를 알았을 것이다.

"그러면 그가 살아 있을 때보다 죽었을 때가 더 가치가 있다는 것을 알았을 겁니다."

"하지만 여전히 문제가 되지 않나? 왜 그의 핸드폰으로 계속 문자를 보낸단 말인가?"

"부모도 그 사실을 안다면 자칫하면 장기 밀매로 수사가 들어올 수 있으니까요."

그렇게 되면 여러모로 곤란해지는 것이 당연한 일이다.

아무리 실드를 친다고 해도 장기 밀매라면 이야기가 달라진다.

"그 정도로 귀하단 말인가?"

"0.2% 이내입니다."

"음……."

물론 그냥 우연히 넘어갈 수도 있다. 그러나 누군가 그 점을 의심하기 시작하면 수사가 진행될 만한 사항이다.

"아니야…… 아니야……."

패닉에 빠져서 부들부들 떠는 선우중과 그런 그를 위로하는 김성식.

그 모습을 안타깝게 보고 있던 박강우는 조용히 노형진에게 다가왔다.

"사정은 알겠습니다. 그 부분을 수사해 보죠."

"단순히 그것 때문에 박 검사님을 오시라고 한 건 아닙니다."

"네?"

중요하게 할 이야기가 있다면서 서울에 있는 사무실까지 오라고 한 것이다.

그런데 고작 이런 사항을 이야기하려던 거라면, 굳이 여기까지 와 달라고 부탁할 이유가 없다. 이런 정도면 전화로 해도 되는 이야기니까.

"그러면 다른 하실 말씀이라도 있나요?"

"네, 만일 제 가정이 맞는다면, 한 가지 의심쩍은 부분이 있어서요."

"의심쩍은 부분?"

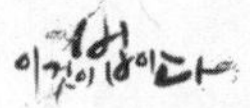

"네. 과연 그 어둠의 의사가 단순히 치료를 위해 와 있는 것일까요? 그 과정에서 선우혁의 체질이 특이한 걸 알고 비싸니까 팔 수 있겠다고 해서 팔 생각을 했을까요?"

"……!"

그 부분은 미처 생각하지 못한 박강우의 얼굴이 굳어졌다.

"아실 겁니다. 사람을 죽이는 건 쉬운 게 아니라는 걸요. 어느 날 갑자기 '아, 이 사람을 해체해서 팔아야겠다.'라고 마음먹게 되는 게 아니죠. 아니, 그렇게 마음먹어도 판매 라인이 없으면 그 사람은 그저 썩어 가는 고깃덩어리에 지나지 않습니다."

"설마……."

"살인의 대전제 아시죠? 시체가 없으면 살인도 없다."

"알지요."

그건 대한민국뿐 아니라 전 세계 어디에서도 일반적으로 통용되는 관념이다.

미국도, 유럽도, 중국도 그 전제를 깔고 수사를 한다.

"중국에서는 공식적으로 한국에 간 겁니다. 한국에서는 항쟁 중 사고를 치고 중국으로 도망간 것으로 되어 있고요. 그러면 그 피해자들은 다들 어디 갔을까요?"

"설마?"

양측에 다 존재하지만 양측에 다 존재하지 않는 사람들. 그래서 양측 다 조사할 필요가 없다.

아니, 조사할 수가 없다.

한국 경찰에 의뢰해 봐야 중국에 갔다고 손을 뗄 테고, 중국 공안에 신고해 봐야 한국에 갔다고 손을 뗄 테니까.

"그리고 시체가 없으면…….."

"살인도 없지요."

박강우의 얼굴은 빠르게 어두워지기 시작했다.

전방에 수류, 아니 섬광탄

　박강우는 바로 다음 날부터 항쟁 중 다친 사람에 대해 알아보기 시작했다.

　항쟁이라는 것은 단순히 기습하는 정도가 아니라 수십 명이 칼을 들고 설치는 것이다. 다치는 사람이 없을 수는 없다.

　"없군요."

　노형진은 사건 기록을 확인하면서 말했다.

　전쟁을 하는데도 역시나 병원으로 온 사람은 단 한 명도 없었다.

　"어느 쪽이든 자기네들 의사가 있을 테니까요."

　한국 조직이라고 할지라도 칼에 찔렸는데 병원으로 가는 멍청한 짓을 하지는 않을 것이다. 그 순간 경찰이 바로 들이

닥칠 테니까.

"그래서 내가 있을 때도 그 녀석들을 잡는 게 쉽지 않았다네."

"그래요?"

"그래. 이런 항쟁이나 사고는 자주 있지만 대부분 전담 의사가 처치하거든."

"의사들이 그런 위험부담을 안고 하는 이유가 뭡니까?"

"여러 가지 이유가 있지. 외국 같은 경우는 보통 면허가 취소된 의사가 어둠의 의사로 흘러가지만……."

한국에서는 어지간하면 의사 면허가 취소되지 않는다.

하물며 강간범도 면허취소가 안 되어서 산부인과 의사를 할 수 있는 곳이 대한민국이다. 그러니 그렇게 면허취소로 가는 사람은 없다.

"보통은 돈이 문제지."

"돈요?"

"그래."

보통 도박이나 주식 같은 것을 하다가 돈을 날리고서도 어떻게 해서든 돈을 더 벌고 싶다는 욕심이 문제다.

"더군다나 중국 쪽 애들은 자체적으로 의사를 데리고 왔을 가능성이 높으니까 잡을 수도 없지요."

의사들을 닥치는 대로 추적할 수는 없다.

한국에서 의사들의 파워는 어마어마해서, 그런 사실이 드러나면 큰 문제가 될 것은 뻔한 일.

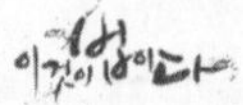

설사 아니라고 해도 현재 검찰과 경찰의 인력으로 그건 불가능하다. 더군다나 그들은 현재 윗선의 비호를 받고 있는 상황.

"결국 그들을 잡기 위해서는 의사부터 찾아야 하는데 현실적으로 불가능하지."

김성식은 진지한 얼굴로 말했다.

그가 검사 노릇을 하는 동안 언제나 부딪친 일 중 하나였다.

"조폭 녀석들도 그쪽에 대해서는 절대 입을 열지 않으려고 하니까."

열어 봐야 처벌이 약해지는 것도 아닌데 그걸 신고하려고 하지는 않는다. 더군다나 비상시 자신의 목숨을 쥐고 있는 인간들이니까.

"일반적으로 가장 많이 잡히는 녀석들을 보면 도박 빚이 문제이기는 한데, 도박장을 다 뒤질 수는 없는 노릇이고."

김성식의 말에 노형진은 곰곰이 생각했다.

자신이라면 어떻게 그들을 추적할까?

'확실히…… 미국에도 어둠의 의사는 있지.'

미국에도 어둠의 의사는 있다.

더군다나 미국의 갱단 규모는 한국과 비교할 바가 못 되기에 그 의사들이 벌어 가는 돈 역시 적지 않다.

한국이나 미국이나, 총상이나 자상은 경찰에 신고하도록 되어 있기 때문이다.

“자네라면 무슨 방법이 없겠나?”

“글쎄요…….”

의사라는 조직이 워낙 특특한 곳이다 보니 이쪽에서 파고 드는 것이 힘들다.

“일단은 제가 생각을 좀 해 보겠습니다.”

생각지도 못한 사건의 해결책을 꺼내야 한다는 생각에 노형진은 머리를 쥐어짜기 시작했다.

⚖

“의사 개인을 털 수는 없잖아?”

“그렇지.”

의사 개개인의 신상을 터는 것은 명백하게 불법이다. 그런 것에 영장이 나올 리 없다.

“더군다나 중국에서 온 의사들은 잡을 수도 없고.”

“그래.”

“넌 어떻게 생각해?”

“글쎄…… 일반적으로 미국이라면…….”

“미국?”

“아, 아는 분이 해 준 이야기가 있거든.”

물론 실제로는 아는 사람이 아니라 직접 경험한 것이지만.

“미국에서는 어둠의 의사는 보통 레지던트들이 많이 해.”

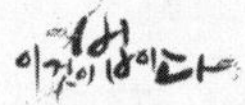

“아니, 왜?”

“돈 때문에.”

미국의 의과대학에 내야 하는 학비는 어마어마하다. 일반인이 낼 수 있는 수준의 돈이 아니다. 당연히 대부분의 사람들은 대출을 끼고 시작하게 되어 있다.

그리고 레지던트가 되면 그 고통은 최악에 이른다.

그 전에는 그나마나 덜하지만 레지던트급이면 사실상 의사로 인정받는 탓에 그 돈을 상환하기 시작해야 하기 때문이다.

문제는 사실상 의사라는 거지, 진짜로 그렇게 돈 많이 버는 의사는 아니라는 것이다.

“결과적으로 레지던트들은 돈을 벌기 위해 더러운 일도 마다하지 않지.”

“설마.”

“설마가 아니야.”

외모가 되는 여성이라면 학비를 내기 위해 매매춘을 하기도 하며, 남성의 경우는 그런 블랙 의사가 되어 버린다.

“미국은 우리나라보다 블랙 의사의 수요가 많아.”

“어째서? 그렇게 위험한 나라야?”

“틀린 말은 아니지. 하지만 다른 이유도 있어.”

미국은 총기 자유국이다 보니 조직끼리 싸움이 시작되면 일단 총기가 동원된다. 그러니 그들을 치료하기 위한 블랙 의사의 수도 많이 필요하다.

하지만 그러한 갱단만 블랙 의사를 필요로 하지는 않는다.

"미국은 의료보험 제도가 잘못되어 있기 때문에 블랙 의사를 찾아가는 일반인도 많아."

"뭐?"

"미국에서는 단순한 질환도 어마어마하게 돈이 많이 들거든."

〈식코〉라는 다큐멘터리를 보면 미국 의료의 실상을 제대로 알 수 있다.

애를 낳으려고 하면 병원비만 3천만 원이 넘고, 간단한 맹장 수술도 1천만 원이 넘는다.

더군다나 미국은 면봉부터 장갑까지 소모성 물품에 대한 가격도 환자가 다 부담하게 되어 있기 때문에 아예 병원비를 협상하는 직업이 있을 정도다.

그런데 원가가 몇 센트 하지 않는 그러한 소모성 물품이 병원을 거치면 개당 몇십 달러로 가격이 뛴다.

그러니 터무니없이 비싼 병원비가 나올 수밖에.

"그러니 대부분의 사람들은 병원에 가는 걸 두려워하지. 그래서 미국에는 의약품도 일종의 블랙마켓이 있어."

"블랙마켓?"

"그래."

한국에서는 이해하지 못할 것이다. 마약성 약품이 아니면 일반 시중에서 쉽게 구할 수 있으니까.

하지만 미국은 그게 불가능하기 때문에 마약성이 아닌 약

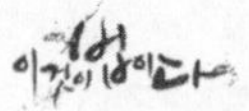

품도 블랙마켓, 그러니까 암거래의 대상이 된다.

"특히 장기 복용을 하는 사람들은 아예 그런 블랙마켓을 더 이용하지."

가령 혈압 약 같은 경우는 지속적으로 먹어야 한다. 그런데 병원에서 그 약을 받기 위해서는 진료비와 진단비 그리고 여러 가지 이유로 족히 100만 원은 든다.

반면에 블랙마켓으로 가면 50만 원이면 된다.

"그러니까 여러 가지 이유로 불법 거래가 많은 편이야."

"하지만 한국은 그렇지 않잖아?"

"그렇지."

한국은 영리 목적의 병원이 불법인지라 그런 식으로 큰돈을 노리고 영업하지 못한다. 그래서 블랙마켓에 갈 필요가 없다.

당장 몇만 원이면 혈압 약을 받아서 먹을 수 있으니까.

"그러니까 한국에서는 블랙 의사의 수요가 결국 조폭 정도지."

"흠……."

문제는 잡을 방법이 없다는 것.

검찰도 수년간 방법을 찾지 못했는데 그걸 어떻게 찾을지 확인할 수 있는 방법이 없었다.

"어…… 그런데 말이야."

"응."

"내가 독일에 있을 때 미드를 많이 봤거든."

"미드?"

뜬금없는 미드 타령에 노형진은 고개를 갸웃했다.

"그게 왜?"

"아니, 그쪽에서 수사하는 방법이 특이하더라고."

"뭐가 특이한데?"

"본인 자체를 추적하지 못하면 다른 걸로 추적하던데?"

"본인 자체를 추적하지 못하면 다른 걸로 추적한다?"

"그래. 보통은 신용카드나, 그 사람이 어디 있는지 확인할 수 있는 걸로 추적하잖아. 그런데 미드에서 보니까 그런 게 힘들 것 같으니까 전혀 다른 걸로 추적하던데."

"그런 게 뭔데?"

"그거야 사건마다 다르지. 하지만 범인에게 필요한 걸 추적하더라."

"범인에게 필요한 거라……."

순간 뭔가가 노형진의 머릿속을 스치고 지나갔다.

노형진은 미드를 느긋하게 볼 시간이 없다. 그래서 그런 미드의 내용 같은 것은 잘 알지 못한다.

하지만 아무리 드라마상의 설정이라고 해도 본인에게 필요한 걸로 추적한다는 것이 틀린 소리는 아니었다.

"확실히…… 그게 가능할지도 모르겠어."

한국에서는 여러 가지 이유로 그냥 직접적인 추적을 할 뿐이다.

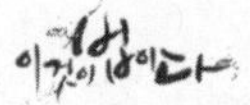

그러나 생각해 보면 일을 하기 위해서는 관련된 물품이 필요한 것은 당연한 일.

"그런데 의료용품 같은 건 흘러가는 곳이 뻔하지 않을까?"

"그건 그렇지."

손채림은 노형진이 생각하지 못한 부분을 지적하면서 자신의 의견을 말했다.

"당장 주사기 같은 건 약국에서 살 수도 있지만, 상식적으로 주사기를 일반인이 살 이유가 얼마나 되겠어?"

맞는 말이다. 기껏해야 당뇨 환자 정도일 것이다.

아니, 요즘은 아예 자동주사기 형태로 약이 나오니 일반적인 주사기는 그들도 살 이유가 없다.

"확실히…… 그렇군."

블랙 의사라면 당연히 진료할 때 그런 것을 쓸 것이다. 그러니 그런 것을 갑자기 많이 주문한 곳을 찾아보면 되는 것이다.

"너 진짜 머리 좋구나!"

"머리 좋다기보다는 우연히 본 거지."

"우연이라고 해도 그걸 기억해서 적용하는 건 대단한 거지."

한국에서 미드를 보는 사람은 많다. 하지만 그 안에 있는 정보를 다른 곳에 적용한다는 것은 쉬운 일이 아니다.

"그러니까 그 물자를 추적하면 의심스러운 곳이 나오겠군."

"응."

노형진은 벌떡 일어났다.

"바로 추적을 시작해야겠어."

지금 이 순간에도 누군가 피해자가 생기고 있을 수 있었기 때문에 노형진은 마음이 다급했다.

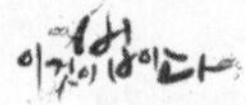

"저곳입니다."

박강우는 좀 떨어진 곳에 있는 2층짜리 병원을 바라보았다.

멀쩡해 보이는 병원이지만 지난 며칠간 조사한 바에 따르면 정상적인 병원은 아니었다.

"최근에 저곳에서 의료용품을 구입해 가는 경우가 늘었더군요. 수술용 바늘이나 실, 식염수나 포도당 같은 거 말입니다. 위생복도 구입해 갔고요."

"하지만 그다지 장사가 잘되는 곳은 아닌 것 같은데요?"

"그래서 의심하는 겁니다. 노 변호사님의 말씀이 맞았어요. 저곳에는 수술실도 없습니다. 그런데 왜 수술용품이 필요하겠습니까?"

박강우는 노형진의 말에 뭔가 깨달은 게 있는지 바로 수사를 시작했고, 얼마 지나지 않아서 저곳을 알아낼 수 있었다.

"이곳을 비롯해서 총 세 곳에서 갑자기 수술용품 같은 것을 주문하더군요."

“그래요?”

“네. 이 지역에서 그런 걸 유통하는 곳이 많지는 않으니까요.”

특수한 용품이다 보니 그런 걸 유통하는 회사는 많지 않다.

그런 곳에 확인해 보는 것은 어렵지 않은 일이고, 대부분의 경우 협조 차원에서 영장이 없어도 알려 주고는 한다.

“세 곳 다 수술 시설이 없습니다.”

단순 의약품도 아니고 수술용품이면 확실히 이상한 일.

“치료는 여기서 하지는 않겠군요.”

“어떻게 아신 겁니까?”

“일반 의원이잖습니까? 일반적인 사람들이 진료받으러 오는데 여기서 수술할 수는 없지요. 더군다나 입원실이라고 해 봐야 링거를 맞는 작은 방이 다일 것 같은데 이런 곳에서 오래 쉴 수는 없지요.”

김성식은 고개를 끄덕거렸다.

“자네는 확실히 검사를 했어야 했어. 멍청한 놈들은 봐도 모르던데 말이야.”

“전 검사 할 성격은 아니라서요.”

“하하하. 하여간 자네 말이 맞네. 이곳에서 수술은 하지 못하지. 그런데 지난 사흘간 감시한 바에 따르면, 이들은 퇴근 후에 새벽 1시가 넘어서 집에 들어간다고 하더군.”

“중간에 어딘가를 가는 거군요.”

“그래.”

"최근에 항쟁이 있었습니까?"

노형진의 질문에 고개를 흔드는 박강우.

그 행동에 노형진은 대충 이해가 갔다.

"그러면 아마도 수술한 환자들을 보러 가는 것이겠군요."

"그렇겠지."

"그러면······."

일단 들어가서 상황을 보려고 하는 찰나, 갑자기 어떤 남자가 다급하게 병원을 나오는 것이 보였다.

그는 가운을 입은 채로 황급하게 나오더니 차를 끌고 어디론가 향했고, 잠시 후 사람들이 우르르 그곳에서 나왔다.

"뭐지?"

"아까 그 사람 의사 아닌가요?"

"그런 것 같은데?"

다들 어리둥절한 상황에서 노형진은 나오는 사람들을 보고 뭔가를 깨달았다.

"대부분 노인들이군요."

"그런데?"

"이 시간에 노인들이라고 하면 아무래도 약을 타러 온 환자겠지요."

"그런데?"

"환자를 버리고 다급하게 간다? 아무리 저분들이 급한 환자는 아니라고 해도 일반적으로 벌어지는 일은 아니지요. 아마도…… 어디서 항쟁이 벌어졌나 봅니다.”

“뭐라고?”

“확인해 보세요. 이곳을 포함해서 세 곳이라고 했죠? 다른 곳에도 감시 팀 있죠?”

“그럼요.”

박강우는 바로 전화기를 들어서 어디론가 통화하고는 곧바로 전화를 끊었다.

“다른 병원의 의사들도 뛰쳐나갔다고 하더군요.”

“확실하군요.”

어디선가 경찰들이 모르는 곳에서 싸움이 벌어진 것이다. 그리고 그로 인해 다친 사람이 발생하니까 다급하게 그곳으로 간 것이다.

“바로 따라가야겠군.”

“그러면 위험합니다. 항쟁 중에 다친 사람을 데리고 있으니 조폭들도 잔뜩 경계하고 있을 겁니다.”

“그러면?”

“세 사람이 간 곳은 같은 곳일 테니까 핸드폰을 추적하면 될 것 같습니다.”

“아!”

어차피 그들이 있는 곳은 뻔하다. 어디로 갈지는 모르지만 수술할 수 있는 시설을 가진 공간을 찾는 것은 어렵지 않을 것이다.

“바로 경찰을 동원하죠. 긴급 상황이니까 바로 영장을 받아서 핸드폰을 추적하겠습니다.”

박강우는 경찰에 전화해서 사람들을 동원하게 만들었고, 그와 동시에 다른 검사에게 요청해서 재빨리 영장을 받아 냈다.

직접적으로 연관되어 있다고 생각을 못 한 건지 판사가 별 의심을 하지 않고 영장을 허가해 주었던 것이다.

그 영장을 바탕으로 핸드폰의 위치를 추적한 그들은 얼마 지나지 않아서 녀석들이 있는 장소를 찾아낼 수 있었다.

“저곳인가 보군요.”

인천에서 좀 떨어진 곳에 있는 모텔.

오래되고 낡아 보이는 호텔 주변에는 몇 대의 차량이 어지럽게 주차되어 있었다.

“무슨 장사가 된다고 여기에 모텔이 있는 거지?”

“저런 곳은 보통 모텔이라기보다는 달방을 놓는 곳입니다.”

“달방?”

“네, 주변이 공장 지대이니까요.”

“아!”

물론 지금은 그마저도 안될 가능성이 높다.

요 근래 경기가 안 좋아져 주변에 있던 공장들이 문을 닫으면서 손님이 줄어든 것이다.

“하지만 비상용 수술실로 쓰기에는 적당할 것 같군요.”

특실 정도의 큰 방 하나만 치우면 수술실 정도로 쓸 수 있

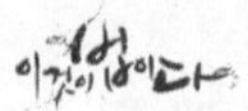

을 테고, 방마다 침대가 있으니 수술이 끝난 사람들이 쉴 수도 있을 것이다.

"잔뜩 독이 올랐군."

김성식은 입구에서 담배를 피우면서도 흉흉한 눈빛으로 주변을 바라보고 있는 조폭들을 보면서 이를 드러내며 웃었다.

오래간만에 검사로서 피가 끓는 모양이었다.

"이거 곤란하군요."

그런데 그 모습을 보던 박강우는 약간 당혹스러운 표정이었다.

"왜 그러나?"

"우리가 들이닥치면 도망갈 가능성이 높습니다."

"음…… 그렇겠군."

경찰이 들어갈 수 있는 입구는 하나뿐이다. 그런데 뒤쪽에는 울창한 숲이 있다.

"이런 지형이면 포위하기도 힘든데요."

포위하기 위해 움직이면 분명히 알아채고 도망갈 것이다. 더군다나 숲으로 들어가면 추적도 쉽지 않을 것이다.

"한 번에 끌어낼 수는 없겠지?"

"무리입니다. 경찰이 왔다는 걸 알면 바로 사방팔방으로 도망칠 겁니다."

"골치 아프군요."

도망치는 게 문제가 아니다. 어찌 되었건 도망치면 언젠가는 잡을 수 있다.

문제는, 그렇게 되면 저들이 중국계 조폭들에게 사냥당할 가능성이 높아진다는 것이다.

모텔 하나를 통째로 빌려서 병원처럼 쓸 정도면 일개 조직이 할 수 있는 행동은 아니다.

결국 박강우가 말한 '인천조직연합'이 빌린 것이라는 소리인데, 지금 박강우가 습격해서 그들이 도망치면 분명히 조직적인 사냥이 시작될 것이다.

"한꺼번에 진압해야 한다는 거군요."

"그런데 쉽지 않군요."

경찰이라고 하면 도망칠 게 뻔하니까.

추가적인 피해를 위해서라도 저들을 한 번에 제압해야 한다.

"일단 주변을 차단하는 게 어떤가?"

"인원이 부족합니다."

"뭐?"

"예상대로더군요. 항구 쪽에서 항쟁이 있었답니다."

수십 명이 칼과 쇠 파이프, 각목, 체인까지 동원해서 싸우는 바람에 그 지역 분위기가 심각해져 경찰들이 치안을 위해 그곳으로 상당수 출동한 상태라고 한다.

더군다나 불안해하는 시민들 때문에 곳곳에 경찰을 배치한 상황.

"이곳을 급습하기 위해 거기서 인원을 빼면 분명히 말이

나올 겁니다."

"끄응······."

상식적으로 그곳에서 일을 터트린 지 하루도 안 지났으니 거기서 무슨 일이 다시 터질 가능성은 낮지만, 그렇다고 해도 사람들의 민원이 장난이 아닐 것이다.

"인원이 부족해서 경찰 특공대까지 데리고 온 상황이라서요."

"크으······ 만일 저 녀석들이 저항이라도 하면 어쩌려고?"

"그러니까요. 저도 돌겠습니다."

항쟁은 심해지는데 경찰 인력은 언제나 부족하다. 그렇다고 전경들을 싸움에 끼게 할 수도 없는 노릇이고.

"잠깐만······ 아까 경찰 특공대까지 동원했다고 하셨나요?"

"네. 아무래도 총기류도 있을 수 있으니까요."

"총기류?"

"인천은 총기에서 안전한 곳이 아니라서요."

인천에는 많은 화물선들이 정박한다. 그리고 그런 화물선의 선원 중 일부는 총기류를 숨겨서 가지고 와서 몰래 팔아먹기도 한다.

실제로 그런 사건은 흔하고, 항쟁에서도 총기가 사용된 흔적이 여러 곳에서 발견되었다.

"러시아나 중국에서는 권총 정도는 쉽게 구할 수 있으니까요."

"그런가요?"

"네. 만구파 사건도 있고 해서······."

"끄응…… 그랬지요. 설마?"

"네, 수사해 보니까 그쪽 총기가 이쪽에서 흘러간 것 같더군요. 자동소총까지 들어가는 판국이니……."

만구파는 막판에 저항하면서 자동소총과 대전차미사일까지 동원해 발악했다. 그 바람에 고립되어 있던 노형진은 목숨을 잃어버릴 뻔했다.

다행히 비상사태임을 깨달은 정부에서 군인들까지 동원해 가면서 진압해서 목숨은 건졌지만.

"여기였습니까?"

"네."

노형진은 변호사이기 때문에 그 사건의 이후에 대해서는 잘 모른다.

하지만 검찰에서는 그 무기의 수입 라인에 대해 분명히 조사했을 테고, 그건 아마도 인천이었을 것이다.

'하긴…… 마냥 안전하다고 할 수는 없지.'

조폭들이 권총 한두 개씩 가지고 있는 건 그다지 이상할 것도 없는 상황이다.

더군다나 항쟁 중 사용했다는 것은 끝장을 보겠다는 의미인 만큼, 여기서 사용하지 말라는 법은 없다.

"경찰 특공대를 투입하는 건 좀 그런데."

김성식은 걱정스럽게 말했다.

"그렇지요. 일단 경찰 특공대를 투입한다는 건 총격전이

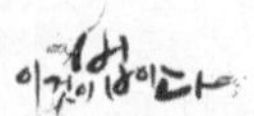

라는 소리니까요."

그러면 일이 커진다.

저쪽에서 쏘기 시작하면 이쪽도 응사하게 될 테고, 졸지에 경찰과 조폭 간의 교전이 벌어지는 셈이다.

"나라가 뒤집힐 겁니다."

"좋은 건 아닌데."

그 후는 상황이 복잡해진다.

노형진은 그 점을 깨닫고는 새로운 작전을 생각하기 시작했다.

"저곳에 조폭들이 얼마나 있을까요?"

"아무래도 이백 명은 있겠지요? 움직이는 놈들만 해도요. 아까 항쟁에서 지고 이쪽으로 도망친 상황이니까."

"도망?"

"네. 이 미친놈들이 전기톱을 꺼냈다고 하더군요."

"헐."

증언에 따르면 중국 조폭들은 전기톱을 들고 덤볐다고 한다.

칼이니 쇠 파이프니 체인이니 하는 것들은 잘못 맞으면 죽는 물건이기는 하지만 방어가 어느 정도 가능한 물건이기도 하다.

하지만 전기톱은 잘못 맞아도 죽고, 방어 자체도 불가능한 물건이다.

"한 열 명 정도가 전기톱을 휘둘렀다고 하더군요."

"미쳤군."

"끝을 향해 가는 거라고 볼 수 있지요."

무너지고 있는 한국계 조폭에 못을 박아 버리려는 것이다.

"그럼…… 좋은 생각이 있습니다."

노형진은 그들이 도망쳤다는 말에 반색하면서 작전을 설명하기 시작했다.

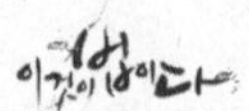

"퉷, 씨발 놈의 새끼들."

두치는 침을 뱉으면서 이를 악물었다.

"전기톱이라니……. 죽으려고 환장했지."

"그 새끼들이 그런 게 어디 한두 번이냐? 씨발."

전기톱은 남을 확실하게 죽일 수 있지만 잘못 휘두르면 자신도 죽을 수 있는 양날의 검이다.

그런데 그 멍청한 중국 놈들이 그걸 체인으로 자신의 몸에 고정시키고는 마구 휘둘러 댄 것이다.

"씨발…… 이놈들을 어떻게 이기지?"

"이기기는 뭘 이겨. 이쯤에서 발 빼야 하는 거 아냐?"

"뭐? 개소리하지 말라고 해. 짱깨 새끼들한테서 도망친다니, 말이나 돼?"

동료의 말에 두치는 버럭 화를 냈다.

그 녀석들 때문에 죽은 동료가 몇 명인데 여기서 발을 빼다니, 그건 절대 인정할 수 없는 일이다.

"씨발, 누구는 안 억울하냐? 그런데 지금 이게 이길 상황이냐고!"

한 놈을 담그면 두 놈이 기어 나온다. 죽여도 죽여도 꾸역꾸역 좀비처럼 늘어나서 덤비는 중국 놈들을 도무지 이길 방법이 없었다.

"경찰이라도 우리 편을 들어 주면 모를까."

"조까네. 짭새 새끼들이 이미 중국 애들한테 넘어간 거 모르냐?"

몇몇 사람들은 경찰력을 동원해서라도 중국 놈들을 막으려고 했다.

하지만 그놈들이 얼마나 로비를 해 둔 건지, 신고를 해도 오는 것은 기껏해야 순찰차 한 대 정도이고 그나마도 일이 다 끝나고 자신들이 도망치고 나서야 오고는 했다.

"벌써 나이트만 세 군데를 빼앗겼다. 우리 조직도 끝이야."

"조까라 그래. 죽어도 여기서 죽을 거야."

"야, 그러다가 끌려가."

"그래서 뭐?"

"끌려간 애들 사라진 거 모르냐?"

"음……."

두치도 찝찝한 듯 입을 다물었다.

싸우다 보면 낙오되어서 적의 수중에 떨어지는 애들도 있었다. 그런데 그 애들 중 돌아온 애가 없다.

"경찰에서는 중국으로 도피했다는데, 개소리지."

경찰은 사고 치고 중국으로 도피했다는 말로 가뿐하게 무시했다. 하지만 상식적으로 중국 놈들과 전쟁 중인데 중국으로 도피한다는 게 말이나 되는 소리인가?

그러나 경찰은 움직일 생각을 별로 하지 않는 것 같았다.

평소의 경찰과 전혀 다른 모습.

"이미 짱깨 새끼들한테 넘어간 거야."

동료의 말에 두치는 더욱 얼굴을 찌푸렸다.

"그래도 난 절대 항복 못 해."

"야, 이 미친 새끼야. 이게 무슨 독립전쟁이라도 되는 줄 알아? 뒈지면 너만 손해야. 그 전기톱에 토막 나고 싶어?"

"잠깐."

화내는 동료의 말에 대꾸하려던 두치는 어떤 소리를 듣고 손을 들어 그를 조용히 하게 만들었다.

"뭐야? 왜 그래?"

"아가리 좀 닥쳐 봐, 좀."

그는 귀를 쫑긋 세우고 어느 쪽을 바라보았다.

산속에 있는 모텔이라 그다지 멀리까지 보이지는 않지만 간간이 보이는 도로 쪽에서 번쩍거리면서 빛나는 것이 있었다.

"저거 라이트 아냐?"

딱 봐도 도로에서 올라오는 자동차 불빛이었다.

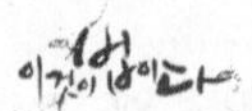

여러 대의 자동차 불빛이 이쪽으로 오고 있었는데, 뒤에 있는 라이트에 비친 앞 차량의 모습은 누가 봐도 1톤 트럭이었다.

"아니, 이 시간에 트럭이 왜 여기로 오지? 이 근처 공장들은 다 망했다고 하지 않았어?"

"잠깐 아가리 좀 닥치라고."

두치는 잔뜩 긴장했다.

어려서부터 이상할 정도로 귀가 좋은 그였다. 그래서 감시를 위해 바깥에 배치된 것이다. 그라고 이 추운 날씨에 감시하러 바깥으로 나오고 싶지는 않았다.

그런 그의 귀에 들리는, 낮게 덜덜거리는 소리.

"이런 씨발."

"왜?"

"전기톱이다."

"전기톱? 전기톱이 왜 여기에…… 씨발."

아까 있었던 일이 생각난 동료는 이를 악물었다.

여러 대의 트럭. 그리고 그쪽에서 들리는 전기톱 소리.

"걸렸구나."

조심한다고 했는데 이곳을 걸린 게 분명했다. 그러니 자신들을 조져 버리러 온 것이 분명했다.

여기는 누가 죽어도 모르고, 시체 처리하기도 좋은 으슥한 곳이니까.

"어…… 어쩌지? 도망가야 하나?"

"조까는 소리 하지 마. 여기 동료가 얼마나 있는지 알아?"

당장 방마다 움직이지 못하는 동료들이 가득하다. 그들을 버리고 가면 저들의 전기톱에 산 채로 토막 날 게 뻔한 일.

"거기에다, 여기는 아까와는 좀 다르다고."

두치는 황급하게 무전기를 들었다.

"형님! 저 두치입니다. 짱깨 새끼들이 여기로 올라오고 있습니다. 전기톱 소리까지 들리는 걸 보니 작정한 듯합니다."

-뭐라고? 이 미친 새끼들! 오냐, 잘 만났다. 오늘 모조리 조져 버리자.

무전한 지 채 5분도 지나지 않아서 우르르 몰려나오는 조폭들.

그들의 손에는 하나같이 흉흉한 무기가 들려 있었지만 그 중 최고로 위험한 것은 다름 아닌 총이었다.

"총을 쓰시려고요?"

"그래야지. 전기톱에 썰리기 전에 우리가 쓰러트리면 그만이야."

대부분은 권총이었지만 일부는 AK-47로 보이는 소총까지 들고 있었다.

"어차피 이 주변에는 사람도 없고 눈치 볼 것도 없어."

아까는 도심 한복판인지라 총을 쓸 수 없었지만 여기라면 이야기가 달라진다.

"더군다나 저기 봐. 트럭이 고작 세 대야. 한 대에 많아 봐

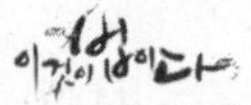

야 스무 명이다. 다 합해도 예순 명 수준이야. 아마도 여기에 환자만 있다고 생각하고 온 모양인데, 기회다. 모조리 조져 버릴 수 있겠어."

"하지만 중국 애들도 총을 쓸 수 있지 않을까요?"

"그건 이야기가 다르거든."

안경을 쓴 남자가 다가오면서 이를 악물었다.

나름 대학을 나온, 조직에서는 인텔리에 속하는 사람이었다.

"한국 조직이 총 쏘면 문제가 되는 것도 맞지만 중국 조직이 총을 쏘면 그건 국제적 문제가 돼. 아무리 경찰이라고 해도 실드 못 쳐. 차라리 총이라도 있으면 좋겠다."

"으음……."

부하들은 두려운 듯했지만 틀린 말은 아니었다.

한국 조폭들이 총을 쓰면 내부 문제지만 중국의 조폭이 총을 쏘면 그건 국제적인 문제가 되니 잘못하면 침략 아닌 침략으로 보일 수 있다.

"그건 군까지 들어올 수 있는 문제이기 때문에 저 녀석들은 총을 못 써."

그렇게 말하면서 자신의 권총을 꽈악 잡는 남자.

"오늘이 기회다! 저 짱깨 새끼들을 다 조져 버리자!"

"오!"

"마음 다잡아……?"

마지막으로 사기를 높이려고 하던 그의 말은 질문형으로

바뀌었고, 동시에 두치는 하늘의 달을 배경으로 날아오는 뭔가를 발견했다.

"저건 뭐……."

채 말이 끝나기도 전에 강렬한 빛과 함께 폭음이 터져 나왔다.

한두 개도 아닌 여러 개가 터져 나오면서, 싸우기 위해 나와 있던 조폭들은 충격을 받고 바닥을 나뒹굴었다.

"끄아악!"

"내 눈!"

"내 귀! 내 귀!"

플래시뱅, 즉 섬광탄이 터질 때 그걸 똑바로 보고 있던 조폭들은 바닥을 나뒹굴었고, 그와 동시에 멀리 있던 경찰 특공대가 뛰어들었다.

"꼼짝 마! 움직이면 쏜다!"

박강우 검사는 뛰어들면서 호기롭게 외쳤지만 반응하는 사람이 없었기 때문에 머쓱할 수밖에 없었다.

1톤 트럭을 타고 올라온 노형진은 피식 웃으면서 그에게 다가갔다.

"안 들릴 것 같은데요? 플래시뱅에 당했는데 뭐가 들리겠습니까?"

"아……하하하."

박강우는 어색하게 웃었다.

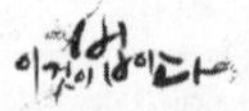

그사이 경찰들은 쓰러진 조폭들 사이에서 총이나 기타 무기들을 안전하게 치우고 있었다.

"제대로 당했군."

트럭에서 내린 김성식은 피식 웃으면서 다가왔다.

바닥에 쓰러진 이백 명의 조폭들이 꿈틀거리는 걸 보면서 피식거리는 걸 보니, 재미있는 모양이었다.

"당했죠."

노형진의 계획은 간단했다.

저들은 경찰이라면 도망가겠지만 중국 조직이라 생각하면 도망가지 않을 거라 본 것이다.

더군다나 박강우의 말대로라면 총기류가 있으니 전기톱에 저항할 수도 있다. 당연히 사람이 없는 이곳에서 일전을 치르려 들 거라 생각한 것이다.

"그래서 경찰 특공대를 미리 감춰 둔 거죠."

경찰 특공대에게 섬광탄은 표준 장비이니 넉넉하게 있다.

그걸 알고 있는 노형진은 다시 아랫마을로 가서 1톤 트럭을 징발한 후 전기톱을 빌려서 작동시키면서 올라온 것이다.

조폭들은 그걸 보고 중국 놈들이 온 거라 짐작하고는 바깥으로 나온 것이고.

실내에서 싸우는 것보다는 실외에서 싸우는 게 총을 가진 사람에게는 유리하니까.

"결국은 이렇게 된 거죠."

싸우기 위해 뭉쳐 있던 사람들 사이로 떨어진 섬광탄.

아무리 실내가 아니라서 위력이 떨어졌다고 하지만 순식간에 눈멀고 귀 멀게 하는 데에는 충분했다. 그리고 그사이에 경찰이 들이닥친 것이다.

"입구는요?"

"바로 틀어막았습니다."

움직일 수 있는 녀석들은 여기서 다 널브러졌고 모텔의 입구는 미리 대기하고 있던 경찰 특공대가 틀어막았다.

어차피 실내에 있는 대부분은 다친 사람들이니 움직이지도 못하거니와, 일부 움직일 수 있는 사람이 있다고 해도 이백 명이 제압된 이상 수적인 우세는 바뀌어 버렸으니 도망도 가지 못한다.

"노 변호사, 자네는 진짜 검사를 했어야 했어."

김성식은 진짜 안타까운 듯 말했다.

이런 식으로 조폭을 한 번에 무력화시킬 거라고는 생각도 못 한 것이다.

"뭐, 조폭들이니까 가능한 거죠."

만일 다친 사람이고 뭐고 도망쳤다면 실패할 작전이었지만, 다행히 저들은 총기를 너무 믿고 있었다.

"더군다나 1톤 트럭의 숫자도 적었고요."

이곳에 온 트럭의 숫자는 세 대.

그래서 그 숫자가 적다고 생각한 그들은 자신들의 숫자만

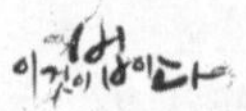

믿고 만만하게 덤빈 것이다.

"자, 그러면 이제 이들을 정리해 볼까요?"

노형진은 쓰러진 채로 눈물을 흘리고 있는 조폭을 일으켜 세우면서 옆에 있는 경찰에게 손을 내밀었다.

"수갑 좀 줘 보시겠어요?"

"수갑요?"

"네. 변호사이긴 하지만 한번 채워 보고 싶었거든요."

경찰이 피식 웃으면서 수갑을 건네줬다.

그리고 그 수갑은 짜르륵 소리와 함께 두치의 손목에 걸렸다.

⚖

"놔! 놔!"

"놓으라고, 이 새끼들아!"

한꺼번에 이백 명이 넘는 조폭들이 잡혀 오자 경찰서는 난리가 났다.

기둥이라고 할 만한 곳에는 죄다 수갑을 찬 조폭들이 매달려 있고 지원하러 온 병력은 한 놈씩 붙잡고 취조하고 있었다.

만일의 사태에 대비해서 전투경찰까지 지키고 있는 가운데, 경찰서에 불이 환하게 켜진 채로 수사가 진행되어 갔다.

"아, 진짜 우리는 독립운동하는 사람들이나 마찬가지라고!"

"지랄을 해라, 이 새끼야. 조폭이 언제부터 독립운동을 했냐? 그리고 우리는 독립했거든!”

“조까. 무슨 독립이야! 우리 잡으면 이 바닥이 짱깨 새끼들한테 넘어가는 거 몰라? 이 짭새 새끼야!”

“그건 우리가 알아서 할 일이고, 이름 대라고! 이름!”

조폭과 싸우는 형사의 모습을 보던 노형진은 옆에 있던 김성식에게 걱정스럽게 말했다.

“틀린 말은 아니군요.”

“응?”

“우리가 한국계 조직을 박살 냈으니 아마 별일 없으면 인천 쪽은 중국계가 꽉 잡을 겁니다.”

“그러겠지.”

“치안이 크게 안 좋아지겠군요.”

“끄응, 그렇다고 저들을 풀어 줄 수는 없지 않은가? 저들이 진짜 독립운동을 하는 작자들도 아니고, 결국 이권 싸움이야.”

“하지만 최소한의 치안은 지켜지겠지요.”

“끄응…….”

한 지역의 폭력 조직이 커지면 낮에는 경찰력이, 밤에는 폭력 조직이 지배하는 상황이 벌어진다.

실제로 멕시코 같은 경우에는 그런 곳이 많고, 세금도 따로 낼 정도다.

“하지만 중국 놈들을 잡는 건 쉬운 게 아니란 말이지.”

일단 한국계 조폭들은 적을 여기에 두고 있으니 문제가 되

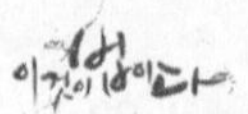

지는 않는다. 문제는 중국계 조폭들이다.

"한국에 적을 두지도 않고 공식적으로는 존재하지 않는 놈들도 다수니까."

"하긴, 그렇지요."

일반인들이 치는 사고라고 해 봐야 관광 왔다가 잠수 타고 불법체류자가 되어서 일하는 정도다. 하지만 조폭들은 애초에 중국에서 보내지는 일종의 병력인 만큼 위조 여권을 소지하는 경우가 많다.

"그러니까 이런 빌어먹을 사태가 벌어지지요."

노형진과 김성식이 말하는 사이에 끼어드는 박강우.

그의 얼굴은 그다지 좋아 보이지 않았다.

"아니, 왜 그렇게 똥 씹은 얼굴이야? 이백 명짜리 조폭 소탕이면 승진은 아주 따 놓은 당상이구먼."

김성식이 그렇게 말하자 박강우는 왠지 씁쓸하게 웃었다.

"그건 그런데 노 변호사님이 하신 말씀이 맞거든요. 그리고 방금 위에서 전화가 왔는데 한 소리 들었습니다. 징계할 태세던데요?"

"뭐? 아니, 왜? 이백 명짜리 폭력 조직을 소탕하는 게 쉬운 줄 아나?"

칭찬은커녕 한 소리 들었다는 말에 김성식은 기가 막히다는 얼굴이 되었다.

자신이라면 당연히 극찬했을 것이다. 그런데 칭찬은커녕

한 소리 했다니.

"뭐, 실적을 가지고 징계는 못 하겠지만 쓸데없이 왜 일을 키우냐면서 대놓고 소리를 질러 대는데…… 에휴."

고개를 절레절레 흔드는 박강우였다.

"아니, 왜요?"

"저야 모르죠."

어깨를 으쓱하는 박강우였다.

진짜 모르는 게 아니라 너무 의심 가는 게 많기 때문이다.

당장 가장 확률이 높은 것은 자신의 실적이 좋아지면 윗선을 제치고 승진할까 봐서다. 한국은 아랫사람의 능력이 뛰어난 것을 무척이나 싫어하기 때문이다.

"그나저나 여우 피하려다가 호랑이 굴로 들어가는 건 아닌지 걱정됩니다."

그들이 뭐라고 하든 신경 쓰지 않기로 한 박강우는 조사받고 있는 조폭들을 걱정스럽게 바라보았다.

"그럴 수도 있지."

해외에서 중국인이 지역을 점령하는 방법은 간단하다. 그냥 꾸역꾸역 밀어 넣는 것이다.

중국인이 많아지면 치안이 나빠지고, 치안이 나빠지면 기존에 있던 주민은 떠난다. 그러면 그 자리는 점점 더 중국인이 차지하게 되어 사실상 중국인의 도시가 되는 것이다.

전 세계에 있는 차이나타운은 그런 비슷한 과정을 거쳐서 생긴다. 그리고 그 후에는 그 나라의 지역이지만 그 나라에 서는 반쯤 방치되는 경우도 가끔 존재한다.

"인천 지역은 주요 지역이니 그렇게 될 수는 없겠지만."

"하지만 중국 애들이 밤을 지배하는 건…… 확실히 곤란하군."

"그런가요?"

"그래. 인천의 유흥가는 상당한 규모거든. 다른 지역에 고 작해야 한두 개 있는 조폭 집단이 다섯 개가 넘는 이유가 뭐 겠나? 아마도 중국인들이 노리는 건 그 밤 문화일 거야. 거 기에서 나오는 보호비만 해도 매달 수십억일 테니까."

"흠……."

노형진은 문득 회귀 전에 있던 일이 생각났다.

무차별적으로 중국에 넘어간 제주도 땅. 그리고 점점 많아 지는 중국인들과 그로 인해 늘어나는 범죄들.

'국회위원이 중국 공안을 불러오자는 헛소리까지 했지.'

그 상황에서 어떤 국회의원은 아예 중국 공안을 불러서 치 안을 맡기자는 소리를 했다가 중국에 제주도를 넘겨줄 생각 이냐고 욕을 바가지로 먹었다.

'그러고 보니…… 중국이라…….'

노형진은 순간 히죽 웃었다.

아직 중국인의 진출이 확정되지 않았지만 확정되고 나서 제주도의 땅값은 열 배 가까이 뛰었다. 지금 금도 세 배의 수 익률을 생각하고 있는데 그것보다 훨씬 많은 것이다.

‘금 다음에는 큰 거 한 방이 없는 줄 알았는데 생각지도 못한 게 있었네.’

노형진이 히죽거리면서 웃자 김성식이 그런 그를 툭 쳤다.

“뭘 그렇게 생각해?”

“아닙니다. 그냥 개인적인 생각요. 그나저나 중국 쪽은 정리해야 하겠군요.”

“그건 맞습니다. 그리고 조사 과정에서 걱정스러운 말이 나오더군요.”

“무슨 말요?”

“노 변호사님이 말씀하신 거 말입니다.”

“제가 말씀드린 것에 대해 조금 조사하셨나 보군요.”

“네…….”

경찰은 인식하지 않지만 실종자들이 적지 않다고 한다. 특히 싸우다가 낙오된 사람들은 어디에서도 보이지 않는다고 한다.

“그리고 아까 항구 쪽에서 조사 결과가 나왔습니다. 다쳐서 귀국하는 중국인들은 없다고 하더군요.”

“다쳐서 귀국하는 중국인은 없다?”

“네. 그렇다면 여기 어딘가에서 치료받고 있다는 뜻인데…….”

“운이 좋다면요.”

노형진은 걱정스럽게 말했다.

“중국 전역에서 보충되는 병력이라고 친다면…… 서로 아는 사이도 아니겠군요.”

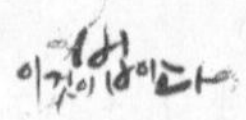

“큭……..”

아는 사이가 아니라면 당연히 누군가가 다쳐서 물러났다 해도 어떻게 되는지 관심도 없을 것이다. 그리고 나중에 연락할 것도 아니니, 그냥 다쳐서 고향으로 갔다고 하면 그만이다.

“아무래도 그쪽으로 계속 파 봐야겠습니다. 그나저나 선배님 사건은 해결되었나요?”

박강우의 말에 김성식은 고개를 흔들었다.

“전혀. 솔직히 의사를 추적하면 중국계 놈들이 나올 거라 생각했는데 오히려 한국 쪽 애들이랑 붙어 버려서 말이지. 너 좋은 일만 시킨 셈이야.”

“하하하.”

사실 자신들은 선우혁의 살인 사건을 조사하기 위해서 온 것이다. 그런데 여기서 흔적이 끊어져 버렸다.

“그럴 줄 알고 제가 선물을 하나 준비했습니다.”

“선물?”

“네, 3번 조사실에 있습니다.”

“뭔 선물인데?”

“선우혁과 같은 조직에 있던 놈입니다. 그런데 짱깨 새끼 아래에는 못 들어간다고, 흡수되던 조직에서 나와서 이쪽으로 넘어왔다고 하더군요.”

“오!”

그렇다면 어쩌면 추적에 중요한 정보를 얻을 수 있을지도 모른다.

"한번 가 보세요. 미리 이야기해 놨습니다."

"땡스."

김성식은 노형진에게 서둘러 가자는 눈짓을 보였다.

노형진은 드디어 방향을 잡았다는 생각에 서둘러 3번 조사실로 향했다.

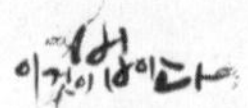

"선우혁?"

두치는 자신이 아는 이름이 나오자 얼굴을 찡그렸다.

"그 배신자 새끼가 왜?"

"그 사람에 대해 아십니까?"

"알지. 짱깨 아래로 넘어가 씹새끼지."

"그거 말고, 그가 그 후에 어떻게 되었는지에 대해 말입니다."

"알아서 뭐하게?"

"그 아버지가 찾고 있습니다."

"지랄."

히죽거리면서 웃는 두치.

아무래도 배신자라고 생각해서 그런지 그다지 감정이 좋지는 않은 모양이었다.

"어차피 직접 손을 쓴 게 아니라면 알려 준다고 해도 문제

될 건 없지 않습니까? 물론 직접 손쓰셨다면야……."

노형진은 슬쩍 압력을 넣었다.

만일 말해 주지 않으면 그쪽으로 조사하겠다는 뜻이다.

물론 그 와중에 뒤집어씌워질 수도 있다는 것쯤은 두치도 알고 있었다.

"하여간 짭새 새끼들 좆같아, 진짜."

"미안하지만 우리는 변호사라서요."

"뭔 변호사가 이래?"

"뭐, 특이한 타입이라고 해 두죠. 아시는 거 있습니까?"

두치는 피식 웃었다.

하지만 그것 비웃음이나 적대적인 웃음은 아니었다. 뭔지 모를 승리의 미소였다.

"그 새끼, 싸우다가 담겼어."

"담겼다고요?"

"그래. 배때기에 칼이 꽂힌 채 비명 지르더라. 아, 내가 했다는 건 아니고."

"어떻게 아십니까?"

"뻔한 거 아냐? 중국 새끼들이 뭐가 예쁘다고 그 애들을 가만두겠어? 그리고 어차피 그 정도 수준 애들이 할 수 있는 게 몸빵밖에 더 있어?"

아니나 다를까, 노형진의 예상대로였다.

몸빵으로 끌려가서 마지막은 좋지 않은 결과로 끝난 것이다.

“그런가요?”

“그래. 그러니까 기대는 하지 마. 그 녀석 몸뚱이는 비싸다고 하더라.”

“뭐라고요?”

노형진은 일어나서 나가려다가 멈칫했다.

자신들도 간신히 알아낸 것을 두치가 알고 있을 거라고는 생각도 못 했던 것이다.

“방금 뭐라고 했습니까?”

“말했잖아, 그 새끼 몸뚱이 비싸다고.”

“인질로 잡고 돈이라도 요구하려고 한 겁니까?”

“나야 모르지.”

피식 웃는 두치.

노형진은 다시 의자에 앉아서 그를 바라보았다.

“그럼 그 말은 어디서 들은 겁니까?”

“그 새끼를 데리고 온 녀석이 한 말이야.”

“데리고 온 사람?”

“그래. 촉새라는 행동대장이 있는데 그 새끼가 데리고 온 거거든. 무슨 말을 했는지 모르지만, 보스가 금이야 옥이야 하더라.”

“촉새?”

낯선 별명이다.

그러나 이런 조폭들은 대부분 이름보다는 별명으로 불린다. 그러니 이름을 알아야 누군지 알 수 있다.

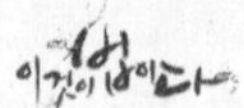

“혹시 그 촉새라는 사람 이름 압니까?”
“그 녀석? 이름이…… 이동서였나 그랬어.”
“이동서요?”

⚖

“이동서라고 했습니까?”
선우중은 부들부들 떨리는 손을 진정시키려 애쓰며 말했다.
“아는 이름입니까?”
“군대에서 선임이라고 들었습니다.”
“끄응…….”
그러면 이해가 간다.
군대 선임이면 그의 혈액형에 대해 잘 알고 있었을 것이
다. 비상시 그를 도와야 하는 책임이 있으니까.
“그런데 제대하고도 계속 만났나 보군요?”
“그, 그건 잘 모르겠습니다. 하지만…… 확실히 맞습니다.
이동서면…….”
“후우, 아무래도 함정에 빠진 것 같군요.”
“함정이라니요?”
“선임이면 그의 체질에 대해 알았을 겁니다. 만일 비상사
태가 터지면 그를 보살피는 건 선임의 책임이니까요.”
“그런데 왜…….”

"조폭이 된 후 우연히 그 체질이 얼마나 돈이 되는지 알았을 겁니다. 그래서 끌어들일 생각을 했겠지요."

"돈 때문에 제 아들을 끌어들인 거라고요?"

"네. 같이 군 생활을 했으니 선우혁의 성향에 대해 모르는 바는 아닐 테고, 적당히 꼬시면 조폭들의 세계로 넘어올 거라는 걸 알았겠지요. 전에 누군가에게 스카우트되어서 갔다고 했지요?"

"네, 자세하게는 몰랐지만……."

하지만 이제는 누군지 안다.

선우혁을 데리고 간 것은 이동서, 즉 촉새다.

"아마 보스도 그걸 알았던 것 같구요."

"말도 안 됩니다!"

"말이 됩니다, 형님. 그놈들, 말로만 의리 운운하지 실제로는 그딴 거 없어요."

듣고 있건 김성식은 안타깝다는 듯 말했다.

그들은 돈만 된다면 자기 부모도 팔아먹을 인간들인 것이다.

"하지만 갑자기 처리하면 문제가 생기니까 기회를 노리고 있었겠지요. 의심받지 않을 만한 시기를요. 그러다가 항쟁이 터졌을 겁니다."

"그런……."

항쟁 중에 다쳤다는 것은 확실하다. 두치가 봤다고 하니까.

"그게 살 수 있었던 상처인지 아니면 죽을 수밖에 없었을 상처인지는 알 수 없습니다. 하지만 확실한 건 있지요."

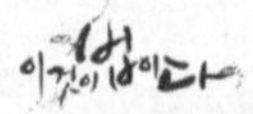

바로 기회가 왔다는 것.

더군다나 어쩌면 보스나 촉새는 중국 조폭들이 뭘 하고자 하는지 알았을지도 모른다.

"그 후에는 자연스럽게 넘어가는 거죠……."

다쳐서 온 조직원. 애초에 저항할 상태도 아니고, 치료한다고 재워 버리면 그나마 시도도 못 한다. 그리고 항쟁에는 큰돈이 든다.

"크흑……."

선우중은 그대로 무너졌다.

설마 계획적으로 끌려갔으리라고는 생각도 못 했던 것이다.

"다만 이게 중국 조직과 연계된 건지 아니면 자기들끼리 처리한 건지는 확실치 않습니다."

"크흐흑……."

절규하는 선우중과 그런 그를 물끄러미 바라보는 노형진, 그리고 그를 다독거리는 김성식.

"예상은 했지만……."

증언으로 봤을 때 선우혁이 죽은 것은 확실하다. 그리고 그것은 노형진이 애초에 예상했던 것처럼, 처음부터 그럴 수밖에 없었던 함정이었다.

"그런데 왜! 왜 자꾸 문자를 보내서 피눈물을 흘리게 하는 겁니까!"

차라리 연락이 두절되었다면 포기했을 것이다. 그런데 계속 문자를 보내온 것이다.

“아마도, 아버님이 자신에 대해 아는 것이 찜찜하겠지요.”

“자신에 대해 안다고요?”

“네.”

다른 사람들은 누가 어떻게 끌고 갔는지 알 수가 없다. 지금 벌어지는 일에 대해 누구도 추적할 수가 없다.

중국에서는 한국에 있는 걸로, 한국에서는 중국에 있는 걸로 생각되고 있으니 양쪽 다 수사할 리 없다.

“하지만 선우혁은 아니죠. 누가 데리고 갔는지 안다고 생각했을 겁니다.”

그 상황에서 어쩌다가 수사가 들어오면 자신들이 표적이 될 건 당연한 일.

“그리고 자신들을 수사하다 보면 자신들이 감추고자 하는 가장 더러운 비밀이 드러날 수밖에 없죠.”

그걸 감추기 위해서라도 어떻게 해서든 살아 있는 것으로 꾸몄어야 했을 것이다.

“크흑…….”

“죄송합니다.”

이제 노형진이나 김성식이 해 줄 수 있는 것은 아무것도 없다. 이미 결과는 나왔고, 죽은 사람은 돌아올 수 없다.

“그 녀석들을 잡아 주십시오! 비록 못난 자식이지만…… 내 자식입니다. 이 원한은…… 풀지 않고서는 절대 못 넘어갑니다!”

“그게…….”

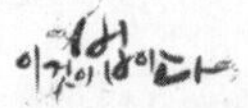

노형진은 확답을 할 수가 없었다.

그들은 중국계 조직에 흡수되었다. 즉, 그들을 잡기 위해서는 인천을 집어삼킨 그들과 싸워야 하는 것이다.

"노 변호사, 부탁일세. 이대로라면 치안에도 안 좋아."

"끄응……."

그들이 과연 지금만 장기 매매를 할까?

아니다. 그럴 리 없다.

그리고 그들이 하게 된다면 어디서 할까?

'젠장…… 빠져나갈 수도 없고…….'

노형진이 회귀 전 접촉한 적이 있는 장기 밀매 조직의 조직원은 이렇게 말했다.

장기를 구하기 쉬운 것은 중국과 인도지만, 장기 상태가 제일 좋은 것은 한국이라고.

'한국은 수사 자체를 하지 않으니…….'

한국에서 매년 실종되는 사람의 수는 5만 명 정도다. 그중 절반 이상이 젊은 사람인데, 그들이 어디로 가는지 알 수가 없다.

경찰에 신고해 봐야 집에 가서 기다리라는 말뿐이고 그 후에는 아예 소식이 없든가 아니면 시체로 발견되었다는 소식을 듣게 될 뿐이다.

'시체가 없으면 살인도 없다.'

그 바람에 얼마나 많은 납치와 장기 밀매가 벌어지는지 알 수가 없는 상황.

더군다나 인천을 집어삼켰다면 체계적으로 시작될 가능성이 높다.

전국에서 납치하고 인천에서 수출한다.

수사해 주지도 않고, 관계자가 실종 신고를 한다 해도 뒤끝도 없다.

거기에다 장기의 상태까지 중국과 비교할 수 없을 정도로 좋다.

장기 밀매 업자가 한국을 선호하는 이유가 바로 그것이다.

제대로 보건이나 위생 의식이 정착되지 않은 중국과 인도와 다르게 한국은 잘 먹고 잘 지내며 위생 상태도 좋은 덕에 장기의 상태가 다른 곳보다 훨씬 좋으니 훨씬 비싸게 팔 수 있기 때문이다.

'하아…… 내가 저지른 일은 아니지만…… 일부 책임은 있군.'

한국 조폭들을 놔뒀다면 이게 늦춰졌을 수도 있었다. 하지만 생각지도 않게 그들을 소탕하는 바람에 중국 조폭들은 빠르게 들어오고 있다.

그러니 지금 막지 않으면 무슨 비극적인 사건이 벌어질지 모른다.

"네…… 그러지요."

결국 노형진은 싸움을 선택할 수밖에 없었다.

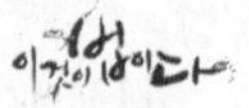

장기 공장

"흔적을 찾을 수가 없군요."

박강우는 서류 뭉치를 탁자에 던지면서 고개를 절레절레 흔들었다.

"두 분 예상대로 다친 놈들은 어디 있는지 알 수가 없어요. 꽁꽁 숨어 있든가……."

"아니면 이미 죽었겠지요."

노형진으로서는 둘 다 두려운 결과다.

전자라면 이 인천 지역에 있는 중국계 조폭만 2천 이상 된다는 소리인데 그건 조폭들이 전국구급으로 나누는 규모다.

게다가 후자라고 해도 이건 단순히 조직에서 할 수 있는 규모의 장난이 아니다.

“배후에 누군가 있겠군요.”

“검찰에서는 천성계가 있다고 추정하고 있습니다.”

“천성계?”

노형진은 익숙한 이름이 나오자 절로 얼굴이 일그러졌다.

자신과 몇 번이나 충돌한 중국인.

정신병원부터 섬 노예까지, 한국으로 진출하려는 그 녀석과 노형진은 악연처럼 계속 부딪치고 있었다.

“아는 이름인가요?”

“사건 때문에 몇 번 부딪쳤습니다. 그런데 천성계라니……의외군요.”

“의외는 아닙니다. 천성계는 장기 밀매를 한 전력도 있고, 배후에 다른 조직이 지원하고 있다는 증거도 있습니다. 중국 폭력 조직의 한국 진출을 이끄는, 일종의 첨병이죠.”

“으음…….”

익히 알고 있던 사실이다.

그 때문에 몇 번이나 문제를 일으켰고 몇 번이나 증거 불충분으로 빠져나갔다.

“하지만 이번에는 상당히 급진적으로 공격한다는 게 의외기는 하네요. 보통은 합법적인 장사를 가장하는데 말이지요.”

“아마도 그건 우리 때문이 아닐까 싶군요.”

“새론요?”

“네.”

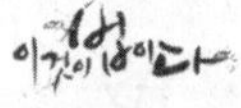

그간 몇 번 부딪치면서 새론은 천성계의 진출을 방해했다.

그가 진지하게 한국 진출을 시도하고 있는 입장이라면 그다지 좋은 일은 아니다. 다른 자들의 지원을 입고 있는 상황이라면 더더욱 말이다.

"실적이 보이지 않으면 팽당하는 건 흔한 일이니까요."

"음……."

"의리라는 건 영화에만 나오는 거죠. 아시지 않습니까?"

박강우도 고개를 끄덕거렸다.

그가 검사로 있으면서 의리라는 걸 본 적이 없었다. 출감 후 인생을 책임지겠다는 감언이설로 가족들을 속여서 죄를 뒤집어씌우지만, 결국 그들은 가치가 다해서 버려질 뿐이다.

"하여간 천성계라면 이 상황이 이해가 갑니다."

각 지역에서 모집된, 서로 알지 못하는 대원들. 그리고 어디로 가는지 모르는 그들의 상황.

"그러면 그들이 이 지역을 완벽하게 집어삼키지 못하는 이유도 이해가 갑니다."

"완벽하게 집어삼키지 못했다니요?"

"내부에서 싸움이 났습니다."

"내부에서?"

"네."

사실 한국계 조폭들이 일망타진된 후 자연스럽게 인천 지역은 중국계 조폭들에게 집어삼켜졌다. 당연히 그들이 인천 지역의 밤을 지배할 거라 생각했다.

그러나 그 안에서 분쟁이 터진 것은 생각지도 못한 일이었다.

"음……."

"상부에서는 각 지역에서 온 조폭들이 결국 항쟁 모드로 들어갔다고 생각하고 있습니다."

한 곳에서 온 것도 아니고 각 지역에서 온 녀석들이다. 즉, 속해 있는 조직은 다 다르다는 것이다. 연합으로 승리한 후 전리품을 차지하기 위해 파벌이 싸우는 건 역사적으로도 흔한 일이니까.

그들은 각 지역별로 파벌이 다른 조직들이 독식하기 위해서 피 터지는 항생을 시작했을 것이다.

"가장 큰 목적인 인천을 집어삼켰으니 당연히 자기들끼리도 싸움을 시작한 거라고 하더군요."

"그런가?"

김성식은 그럴듯하다면서 고개를 끄덕거렸다.

하지만 노형진은 동의하지 않았다.

"그건 논리적으로 말이 안 됩니다."

"아니, 어째서?"

"생각해 보세요. 각 지역에서 보냈으니 그들이 융합되지 않는 거야 있을 수 있는 일이지요. 하지만 서로 융합되지 않는 것과 싸우는 건 전혀 다릅니다. 만일 여기서 한 조직이 이 지역을 삼키기 위해 다른 지역 조직원을 습격한다면 중국에

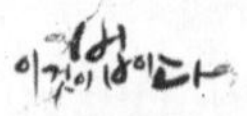

있는 조직에서 그걸 모를까요? 그리고 그걸 알고도 그냥 아무렇지도 않게 넘어갈까요?"

"아……."

"그렇군요. 녀석들의 본체는 중국이지요……."

워낙 규모가 커서 방심하고 있었지만 그들의 주력은 중국이다. 여기서 싸움이 벌어지면, 까딱 잘못하면 본토에서의 싸움으로 번지게 될 게 뻔하다.

"그 녀석들이 그냥 넘어갈 리 없는데."

중국의 폭력 조직은 싸움을 시작하면 그들의 속성을 그대로 드러내는데, 그건 그야말로 칼이나 언월도같이 과거 전쟁에서 쓰는 무기부터 총기류까지 모든 걸 다 걸고 싸우는 총력전의 형태다.

"공안 같은 경우는 그들을 막을 책임이 있지만 그다지 막을 의사가 없어 보이구요. 애초에 공안같이 무소불위의 권력을 가진 집단이 폭력 조직을 털어 내지 못한다는 건 말도 안 되니까요."

한국 사람들은 공안이라고 하면 그냥 한국 경찰 수준이라고 생각하지만 사실 공안의 행동이나 신분은 경찰이라기보다는 한국의 안기부, 그것도 60년대 무소불위의 권력을 자랑하던 그때의 안기부와 비슷한 조직이다.

더군다나 경찰처럼 어마어마한 병력까지 가지고 있으니 '안기부+경찰'이라고 보는 게 맞다.

"총 한 발 쏘는 것도 허가받고 쏴야 하는 한국 경찰과 달리 중국 공안은 그런 부분에서 자유롭습니다. 사후 보고만 하면 땡이지요."

그래서 중국에서는 공안이 떴다고 하면 공포에 떠는 것이다.

끌려가서 자백하라면서 구타나 고문을 하는 건 흔한 일이고, 그래도 버티면 멀쩡하던 사람이 갑자기 실종자 처리되는 건 심심치 않게 벌어지는 일이니까.

"공안도 폭력 조직과 결탁되어 있다?"

"네. 그런 상황이니 그들끼리의 싸움도 터치하지 않을 겁니다."

"그럼 확실히 말이 안 되는군."

이곳에서 세력을 늘리기 위한 서로의 싸움이 시작된다면 손해 보는 것은 그들 자신이다.

당연히 서로 협상을 통해 싸움을 멈추든가, 아니면 결판을 내려고 할 것이다.

"그런데 싸움이 멈추지 않는다고요?"

"그렇다고 하더군요."

"천성계 쪽에서는 아무런 반응도 없고?"

"공식적으로는 말입니다."

"음……."

상식적으로 말이 안 되는 상황에서 노형진이 내릴 수 있는 결론은 하나뿐이었다.

그리고 그건 그다지 좋은 결론은 아니었다.

"전에 화를 냈다고 했지요?"

"누가 말입니까?"

"상부에서 말입니다."

"그러더군요. 한국계 폭력 조직을 소탕했다고 마구 화를 내더군요. 그 녀석들에게 뇌물이라도 받은 건지."

"받은 건 중국계일 테지요."

"네?"

"천성계인 걸 어떻게 아신 겁니까?"

"그거야……."

천성계인 것을 안 것은 사건 방식이, 정확하게는 뇌물을 뿌리며 조금씩 밀고 들어오는 방식이 천성계 스타일이었기 때문이다.

"그러면 그도 천성계에게서 뇌물을 받았을 겁니다."

"그러면 더 좋아해야 하는 거 아닌가요?"

한국계 폭력 조직이 사라졌으니 싸울 이유도 없는 데다 인천의 밤은 중국계 조직이 다 집어삼킨 셈이니까.

"하지만 목적이 밤이 아니라 싸움이라면 이야기가 달라지지요. 싸울 목적과 대상이 사라진 겁니다."

"싸울 목적과 대상?"

"네. 전에 했던 말, 기억하시죠?"

얼굴이 딱딱해진 채로 고개를 끄덕거리는 박강우.

“인간의 몸은, 모조리 팔아 버린다고 하면 현재 시세로 대략 18억. 항쟁하다 보면 열 명쯤 다치는 건 일도 아니고 그들이 어디로 가는지도 알 수가 없지요.”

“큭.”

“그리고 이번 싸움에서 우리는 중국 측에서 다친 걸로 추정된 사람들을 찾지 못했습니다. 한국 측에서 낙오되어 사라진 사람들도 찾지 못했지요. 그 숫자가 얼마나 될까요? 제가 봐서는 백 명 가까이 될 것 같은데요.”

“설마…….”

“백 명이면 1,800억이군요. 지난 몇 달간 싸움에서 생긴 수익만 그 정도입니다. 그들은 추적할 수도 없고 추적도 안 되는 사람들이니 말이죠. 인천의 밤을 차지했다고 해도 1,800억을 벌기 위해서는 최소 5~6년은 걸릴 겁니다. 중국에서 사형수의 장기를 판다는 소문은 공공연하게 퍼져 있지요. 왜 그런 소문이 돌까요? 그만큼 가치가 있기 때문입니다. 하물며 중국 정부도 그런 소문이 돌 정도인데 폭력 조직이 깨끗하게 치료해 주거나 아니면 장례를 치러 줄까요?”

시체가 없으니 공안도, 경찰도 추적할 리 없다. 서로 다른 지역에 있다고 생각할 뿐이니 애초에 조사를 할 리도 없고.

“그런데 한국 조직이 사라졌습니다. 싸울 이유도 사라졌지요.”

“그래서……!”

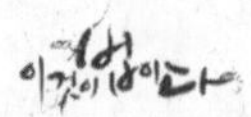

박강우의 얼굴이 핼쑥해졌다.

그 말인즉슨 장기 공장이 되어 버린 인천의 상황을 알지 못한다면 그 인간이 자신에게 화를 낼 이유가 없다는 소리다.

"설마요! 그럴 리 없습니다!"

"확신하십니까, 대한민국이라는 조직이 깨끗하다고?"

"아무리 그래도 장기 밀매인데, 그건 이만저만 큰 범죄가 아닙니다!"

"인간은 합리화를 잘하지요. 저라면 어차피 사회에 해충인 폭력배들 장기 좀 재활용한다고 합리화할 것 같은데요. 아닌가요? 또 모르지요, 자기들은 좋은 일을 하면서 정의를 지키고 있다고 생각할지."

그 부분에서 박강우는 입을 떡 벌린 채로 말을 하지 못했다.

사명감이나 정의감이 아니라 그냥 시험 봐서 검사가 된 미친놈들도 많다.

자기 이익을 위해 뇌물을 받고 범죄를 은폐하는 놈들도 많다. 그리고 그 돈으로 다시 뇌물을 뿌리고 더 높은 자리에 올라간다.

그들이 더 높은 자리에 올라가는 이유는 단 하나. 더 많은 뇌물을 받을 수 있기 때문이다.

설사 아니라고 해도 비뚤어진 정의 관념을 가진 검사들을 못 본 게 아니다. 어떻게 보면 그런 놈들이 더 위험한 경우도 많았고.

“그러면 지금 상황이 이해가 가죠.”

적이 사라졌으니 싸움도 멈추는 게 당연하다. 그러면 자신들의 이익은 사라진다.

적도 없는 상황에서 조직원들이 사라진다면 아무리 하위급 조직원이라 할지라도 의심할 건 뻔한 일.

“치료를 핑계로 빼돌릴 수가 없게 되는 거죠.”

“큭.”

박강우는 이를 빠드득 갈았다.

장기 밀매 이야기를 듣기는 했고 어느 정도 사실로 인정하고 있었지만, 항쟁 자체가 원활한 장기 수급을 위한 도구였다는 건 생각도 못 했던 것이다.

“너무 크게 생각하는 거 아닌가?”

“크게 생각하는 게 아닙니다. 애석하게도요. 장기는 사람의 목숨이 달려 있는 겁니다. 그래서 많은 곳에 마치 그물처럼 연결되어 있지요.”

중국에서는 병원에서 멀쩡하게 수술하고 나니 신장이 사라졌다는 사람도 있다.

멀쩡한 병원에서 멀쩡한 수술을 했는데 그 지경이다.

“실제로 몇몇 병원들은 환자에 대한 조직 검사를 몰래 하는 곳도 있습니다.”

“어째서?”

“의뢰인에게 어떤 장기가 맞는지 확인하는 거죠. 그리고

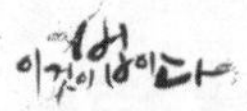

맞는 장기가 나타나면 납치하는 거죠."

부르르 떠는 김성식이었다.

"이게 다 있는 일입니다."

백 명만 해도 1,800억.

그러니 미친놈들에게는 사람 자체가 돈으로밖에 안 보일 것이다.

"하지만 그건 확실한 게 아니지 않은가? 확인할 방법도 없고."

"확인할 방법은 있습니다."

"어떻게 말입니까?"

"한국 조직과의 항쟁 중에 잡힌 녀석은 없습니까?"

노형진의 질문에 박강우는 고개를 끄덕거렸다.

"왜 없겠습니까?"

대놓고 칼과 흉기, 심지어 전기톱까지 들고 설치는데 안 잡힐 리 없다.

아무리 위에서 방치한다고 해도 아래에서 일하는 사람은 또 그게 아니니까.

"그 녀석들을 좀 봐야겠습니다."

안 좋은 기분을 느낀 노형진은 마음이 급해졌다.

⚖

"자, 이걸 드시면서 말을 해 보세요."

노형진은 벌써 스물여덟 번째 사람을 만나고 있었다.

원래는 안 되지만 박강우의 허가를 얻어서 그들에게 중국식 양꼬치에 맥주까지 대접하면서 그들의 마음을 얻으려 애쓰며 그들의 이야기를 듣고 있었다.

"그래서 고향을 떠나서 여기로 오셨다고요?"

"그렇다네요."

옆에 있는 통역가는 약간은 지겨운 모습이었다.

그럴 수밖에 없는 게, 스물여덟 명째 사람을 보고 있는데 그들의 말은 대부분 비슷했기 때문이다.

"특별히 들은 말 같은 거 없습니까?"

"없다는데요?"

"고생하셨습니다. 자, 이거 한 잔 마지막으로 쭈욱 들이켜고 가세요."

노형진은 그렇게 말했지만 이미 그 남자는 남은 양꼬치와 중국 맥주를 자신의 입에 우겨 넣고 있었다.

잠시 후 경찰이 들어와서 그를 데리고 나가자 방 안에는 맥주와 양꼬치 냄새만 가득했다.

"아…… 맥주 당긴다."

김성식은 들어오면서 피식 웃으며 말했다.

"양꼬치는 안 먹어 봤는데 한번 먹어 봐야겠네요."

심지어 박강우조차도 녀석들이 먹는 모습을 보고 양꼬치 맛이 궁금해진 모양이었다.

"그래서 자네가 원하는 조사는 다 했나?"

"솔직히 이렇게 하면 안 되는 건데 욕먹을 각오 하고 한 겁니다. 그러니까 뭐든 나왔겠지요?"

박강우는 걱정스럽게 말했다.

범인을 데려다가 음식을 대접하는 것이야 그렇다 쳐도 맥주까지 줬다는 건 문제가 될 소지가 다분한 행동이다. 당연히 도움이 안 되면 큰일이다.

"예상대로군요."

"예상대로?"

"제가 했던 말 중에 본진은 따로 있다는 말, 기억하십니까?"

"그렇지."

본진은 중국에 있다고 분명히 노형진이 말했다.

"그런데 여기 있는 녀석들 대부분이 조직에 입단한 지 6개월도 안 되었습니다. 제일 오래된 녀석들이 8개월입니다. 녀석들 말로는, 자기들을 인솔한 녀석들을 빼고는 대부분 그렇다고 하더군요. 인솔하는 녀석도 자기들을 넘기고는 바로 돌아갔다고 하고요."

"그런데?"

"세상에 어떤 조직이 숫자를 이렇게 터무니없이 늘려 갑니까?"

"응?"

"아무리 폭력 조직이라도 해도 그 규모를 무조건 늘릴 수는 없습니다. 아시죠?"

“그거야 그렇지.”

조폭들이 왜 조직에 들어오는지 생각해 보면 당연한 거다.

그들이 조직에 들어와서 보려는 이득은 다름 아닌 돈이다.

조폭으로서의 폼, 속칭 ‘가오’를 잡기 위해서 오는 놈들도 있지만 결국 궁극적으로는 돈을 쉽게 벌기 위해서 하는 게 조폭 짓이다.

“하지만 아시다시피 일정 숫자를 넘어서기 위해서는 그만큼 재력이 필요하지요.”

군대와 마찬가지다.

큰 조직은 엄청난 돈이 들어간다.

그런데 군대나 조폭이나, 자체적으로 재화를 생산하는 집단이 아니다. 군대라면 세금으로, 폭력 조직이라면 강탈로 그 돈을 보충해야 한다.

“그리고 규모가 커지면 커질수록 강탈해야 하는 금액은 커지고요.”

“그러면 경찰의 표적이 되지.”

“네. 그런데 이들의 말을 들어 보면 지난 몇 달간 어마어마하게 받아들인 것 같답니다.”

“한국에 보내기 위해서 그런 것 아닌가?”

“그게 문제지요.”

노형진은 최악의 상황을 상상하고 있었다.

문제는 그 상상이 상상만으로 끝날 것 같지 않다는 것이었다.

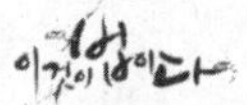

"전에도·말했다시피 그들은 공식적으로 한국에 있는 겁니다. 그리고 한국계 폭력 조직은 소탕되었지요. 아무리 인천을 집어삼킨다고 해도 그 정도 인원을 유지할 자금은 안 나옵니다."

거기까지 말하자 김성식은 얼굴이 딱딱해졌다.

그러면 방법은 하나뿐이다. 노형진이 말했던 장기 매매.

"싸우다가 다치면 팔려 나가는 거고, 멀쩡하면 계속 조직원으로 남는 거군……."

상상하기도 끔찍한 말을 하면서 김성식은 절로 한숨을 내쉬어야 했다.

"지금까지는 그랬지요. 하지만 우리 때문에 엉뚱한 문제가 생겼습니다."

"그렇군. 한국 조직이 소탕된 거지. 한국 조직이 없으니까 다치는 사람도 없고."

"다치는 사람이 없으면 자금도 안 들어오고 말이지요."

그러면 엄청나게 늘려 버린 조직원을 유지할 수단이 없게 된다.

애초에 늘려 버린 목적이 장기의 공급인지, 아니면 진짜 조직원 확충인지 알 수는 없지만.

"이상하지 않습니까? 한국 조직은 압도적인 숫자를 자랑하는 중국 조직을 지난 몇 달간 훌륭하게 방어했어요. 그리고 박강우 검사님의 말씀대로 매주 1개 소대, 즉 쉰 명 정도의 병력이 보충된다고 하면 두 달이면 조직원이 한국 조직의 두 배가 됩니다. 당연히 그 정도 시간도 두지 않고 침략했을 리 없죠. 그런데 그들은 그렇게 오는 족족 투입해서 축차 소모했습니다. 전략적으로 말이 안 되는 짓이죠.”

“음?”

그제야 박강우는 그들의 전략이 이상하다는 사실을 알아차렸다. 과거에 수사할 때는 차마 생각하지 못한 것이었다.

“그들이 멍청해서 그런 거 아닐까요?”

“대부분의 조직원들은 멍청합니다. 공부도 못하고 몸만 쓰는 경우가 대부분이니까요. 더군다나 중국계 조직은 소학교 수준의 학력도 많지 않더군요. 하지만 어느 조직이나 두뇌파가 있기 마련입니다. 두뇌파, 즉 참모가 없는 조직은 살아남지 못합니다.”

“음…….”

“그런데 그런 짓을 참모가 할 리 없죠. 애초에 이번 사건이 천성계가 저지른 일이라면, 천성계는 머리가 좋은 놈입니다. 지난 몇 년간 검찰에서도 쫓고 있지만 증거가 없어서 잡지 못하는 녀석이지요. 그런데 그런 녀석이 축차 소모 같은 멍청한 짓을 저지른다고요?”

진짜 천성계라면 아마 가장 먼저 노형진처럼 치료하는 장소를 알아내서 그곳부터 털었을 것이다.

“결국 예상대로 인천의 밤은 부차적인 것인 것 같군요.”

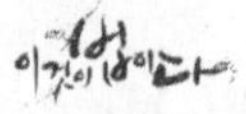

그 말에 김성식도, 박강우도 주먹을 꽉 쥐었다.

"인천은 거대한 장기 밀매 공장이 된 셈이군요."

마지막 결론에, 노형진의 심장은 미친 듯이 뛰기 시작했다.

⚖️

"젠장!"

박강우는 보고서를 보고 있다가 그걸 벽으로 집어 던졌다.

그리고 흥분한 듯 안절부절못하면서 사무실 안을 돌아다녔다.

"진정하세요."

"진정할 상황이 아닙니다. 도무지 어디 박혀 있는지 알 수가 없단 말입니다!"

의심스러운 곳은 모두 찾아봤다.

하지만 환자도, 수술실도 찾을 수가 없었다.

"전처럼 의약품을 추적해 봤지만 그것도 효과가 없습니다."

"목적이 다르니까요."

노형진은 씁쓸하게 웃었다.

"한국 조직은 일단 사람을 살리는 게 목적이었습니다. 그러니 당연히 의약품과 수술용품을 쓰겠지요. 하지만 이들의 목적은 그게 아닙니다. 어차피 목숨 따위에 신경도 안 쓰는데 그들을 위한 의약품이나 수술용품을 사겠습니까?"

"큭."

당연히 그걸 추적해 봐야 나올 리 없다.

"아니, 도대체 그 시체들이 어디로 사라졌단 말입니까!"

당장 추정만으로도 백 명이 넘는 사람들이 사라졌다. 그런데 그 시체를 찾지 못한다는 건 말도 안 된다.

"다 파묻을 수는 없는 노릇이고……."

인천에는 산이 그다지 많지 않다. 있다고 해도 대부분 사람들이 산책 다니는 공원 개념이지 진짜 사람이 들어가지도 못하는 두메산골이 아니다.

"소각로 같은 게 있는 게 아닐까?"

"저도 그런 생각을 했습니다만 소방 쪽도 이야기가 없었습니다. 시체를 100구도 넘게 태우면 주변에서 말이 나올 게 뻔하잖습니까?"

"음……."

당장 그 엄청난 연기가 드러날 것이다. 거기에다 그 특유의 시체 타는 냄새까지 말이다.

"어젯밤에도 싸움이 있었답니다. 대략 일곱 명 정도가 피를 흘리는 걸 봤다는데……."

"병원에 접수된 것은 없다 이거지?"

"네. 돌아 버리겠습니다."

"위에서는 뭐라고 하던가요?"

이건 단순히 검사 혼자서 수사할 수 있는 사건이 아니다.

박강우가 아무리 검사장이라고 해도 터무니없이 커진 사

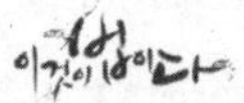

건이다. 당연히 상부의 도움을 받아야 한다.

"개소리하지 말고 자기 일이나 똑바로 하랍니다. 진짜 뇌물을 처먹은 건지."

"그럴 수도 있고, 우리나라 특유의 안전 불감증일 수도 있죠."

하긴, 사건이 너무 터무니없이 커졌다. 더군다나 증거라고는 심증뿐이다.

물증도 없는 상황에서 그들이 움직이기를 바라는 것은 무리다.

"선배님은 도움을 청하신 게 아니라 핵폭탄을 가지고 오신 셈입니다."

"내가 이럴 줄 알았나."

김성식은 미안한 듯 슬쩍 고개를 돌렸다.

"미안해하실 것까지야 없습니다. 만일 우리가 몰랐다면 그들의 마수는 우리 국민한테 뻗쳐질 테니까요."

"그렇겠지요."

저들의 싸움이 무한정 계속될 수는 없다. 어느 순간 싸움을 멈출 수밖에 없으니, 그 뒤에 그들이 구할 수 있는 재료는 다름 아닌 한국인이다.

"한국에서는 실종자 수사를 거의 안 하니까요."

"시체가 없으면 사건도 없다죠. 씨발……."

머리를 북북 긁으면서 다시 고민하는 박강우.

"도대체 어디 처박혀 있는지 알아야 말이지, 싯팔……."

지금도 매일같이 싸움이 벌어지고 사람들이 다친다. 그리고 흔적도 없이 사라진다.

그런 상황에서 박강우는 점점 조바심이 늘어날 수밖에 없다.

"이러다가 국민들한테까지 손대면……."

그때는 진짜 자기가 모가지를 거는 한이 있어도 언론에 까발리는 수밖에 없다.

"천성계는 똑똑한 놈입니다. 그래 놓고 움직일 리 없죠."

자신뿐만 아니라 조직원들도 마찬가지일 것이다.

"젠장…… 어디 처박혀 있는지만 알 수 있으면……."

이미 잡힌 놈들을 취조해서 그곳으로 갔지만 이미 숙소는 텅 비어 있는 상황이었다.

그리고 그놈들 말로는 수시로 위치를 바꾼다고 했다. 자신들도 도착하기 전에는 어디로 갈지 모른다고.

"자기들 말로는 습격에 대비해서라고 하지만 실제로는 경찰을 피하기 위해서겠지요."

"싯팔……."

다들 그렇게 놈들이 어디에 있는지 확인하기 위해 고민했지만 어디에 처박혀 있는지 알 수가 없어 침묵을 지킬 수밖에 없었다.

그 모습을 보던 손채림이 문득 느끼는 게 있는지 입을 열었다.

"핸드폰 추적 같은 거 안 돼요?"

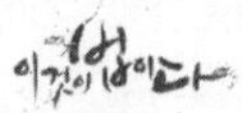

“안 됩니다. 번호를 몰라요.”

대포폰을 추적하기 위해서는 중앙텔레콤에서 발급한 대포폰의 번호를 알아야 한다. 그런데 정작 중앙텔레콤은 윗선의 비호를 받고 있어서 접근할 수가 없다.

“번호 하나만 알아도 추적해서 알아낼 수 있는데…….”

이를 빠드득 가는 박강우.

그러자 손채림은 손을 들면서 말했다.

“제가 번호 하나 아는데.”

“뭐라고?”

“아니, 어떻게요?”

“진짜인가, 채림 양?”

다들 깜짝 놀라서 벌떡벌떡 일어났다.

자신들은 그 번호 하나를 못 알아내서 고민하고 있는데 손채림이 알고 있다고 하니 깜짝 놀란 것이다.

‘채림이도 무슨 초능력이라도 있는 건가?’

노형진은 깜짝 놀랐다.

자신도 알아내지 못한 것이다. 그런데 어떻게 범인들의 전화번호를 알아냈단 말인가?

“그렇게 보시면 부담스럽습니다만?”

“죄송합니다, 너무 마음이 다급해서. 그런데 번호를 어떻게 안단 말입니까?”

“당연히 이거죠.”

"이거?"

손채림은 그들에게 뭔가를 내밀었고, 거기에는 전화번호 하나가 쓰여 있었다.

다름 아닌, 이미 죽은 것으로 추정되는 선우혁의 전화번호였다.

"아……!"

그걸 보고 김성식은 탄성을 질렀다.

"우리가 저걸 잊고 있었네요."

범인은 자신을 보호하기 위해 지금도 저 핸드폰으로 멀쩡하다는 문자를 보내고 있다.

즉, 그 핸드폰이 있는 곳에 범인이 있다는 건데, 범인은 중국계 조직에 흡수되었으니 그놈들도 거기에 있다는 뜻이었다.

"슬슬 문자 올 때가 됐지 싶은데요?"

손채림의 말에, 모두의 얼굴에 미소가 떠올랐다.

⚖

─아버지, 전 잘 지내고 있습니다. 아직 사건이 정리되지 않아서 찾아뵐 수는 없지만…….

제법 장문의 문자가 도착하는 순간 박강우는 마음이 급해졌다.

"어서 빨리 추적해, 어서!"

손채림이 말한 날 바로 번호 추적을 시도했지만 전화기가 꺼져 있어서 추적할 수 없었다.

하지만 문자를 보내기 위해서는 당연히 전화기를 켜야 하기 때문에 노형진과 박강우는 이제나저제나 문자가 오기만을 기다렸다.

그런데 드디어 문자가 온 것이다.

"답장을 보내면서, 가능하면 시간을 끌어 주세요."

"네, 그러겠습니다."

범인을 잡을 수 있다는 말에 선우중은 도움을 주기 위해 기꺼이 인천까지 왔고, 노형진의 말대로 시간을 끌려고 노력했다. 추적이 끝나기 전에 꺼 버리면 곤란하기 때문이다.


–무슨 일인지 모르지만 일단 집으로 오거라. 어머니가 걱정이 이만저만이 아니다.

–돌아갈 상황이 아니어서 그래요, 아버지.

–그러면 내가 실종 신고라도 해야겠니?

–하지 마세요. 절 따라다니는 놈들은 경찰과 관련이 있어요. 신고해 봐야 절 찾는 데 도움만 준다고요.


천연덕스럽게 오는 문자를 보고 노형진은 코웃음을 쳤다.

‘뭐, 틀린 말은 아니네.’
자신들은 경찰과 관련이 있으니까.
“찾았습니다!”
문이 벌컥 열리면서 들어오는 남자.
그 남자의 손에는 한 장의 종이가 들려 있었다.
“어디서 오는 건지 찾았습니다.”
“당장 전 병력 동원해! 오늘 다 죽었어.”
드디어 잡았다는 생각에 박강우는 주먹을 불끈 쥐었다.

⚖

“인원 배치는?”
“완료되었습니다. 입구는 모조리 틀어막았습니다.”
“좋았어!”
그들이 숨어 있는 곳은 건설이 중지된 빌딩이었다.
거의 건설이 끝나 가는 상황에서 건설사가 파산하면서 공사가 중지된 건물.
“이런 곳에 있으니 찾지 못하지.”
김성식은 그곳을 보면서 혀를 내둘렀다.
“전부 다 있을 것 같지는 않지만…… 그래도 적지 않게 있을 것 같군요.”
노형진도 건물을 보면서 고개를 끄덕거렸다.

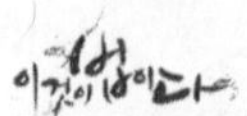

규모로 봐서는 모든 중국계 조직원이 다 있지는 않을 것이
다. 더군다나 중국계 조직이 이미 분할되어 싸우는 상황이니
만큼 그들이 여기 다 있을 가능성은 낮다.

"하지만 하나 털면 그다음부터는 줄줄이 나오기 마련이지요."

박강우는 이를 드러내면서 웃었다.

그동안 머리를 아프게 하던 녀석들을 소탕할 수 있다는 생
각에 기쁜 듯 보였다.

"일단 들어가서……."

그가 작전을 설명하려는 찰나 갑자기 전화가 울렸다.

박강우는 그 전화를 힐끗 보더니 한숨을 푹 쉬면서 어쩔
수 없다는 듯 받아 들었다.

"박강우입니다."

그 순간 터져 나오는 고함.

―야, 이 새끼야! 미쳤어! 어디서 승인도 없이 병력을 끌고
나가! 당장 안 튀어 들어와!

"지금 작전 중입니다."

―개소리하지 마! 작전은 무슨 작전이야! 내가 승인한 적
도 없는데! 너 진짜 옷 벗고 싶어? 야, 이 씨발!

하지만 박강우는 바로 통화를 끊어 버렸다.

"그놈입니까?"

"네."

"걸렸나 보군요."

“에이, 씨발……. 기습은 물 건너갔네.”

기습을 위해 몰래 병력을 끌고 왔는데 뇌물을 받고 있는 녀석이 전화해서 항의했다는 것은 저들에게 정보가 들어갔다는 소리라고 봐야 한다.

“어쩌죠?”

있는 건 확인했지만 이 녀석이 전화할 정도면 놈들 또한 경찰이 왔다는 것을 당연히 알고 있을 것이다.

“어느 쪽인지 모르겠군요.”

이놈들이 알아채고 전화한 건지, 아니면 병력이 나간 걸 알고 윗선이 전화해 준 건지는 알 수 없다.

“어느 쪽이든 우리가 위험해졌다는 건 확실한 일이네요.”

저들이 그냥 순순히 투항할까? 그럴 리 없다.

결국 싸우면서 들어가야 하는데…….

“미친 짓입니다.”

중국계 조폭들은 흉기로 무장하고 있고 그중에는 전기톱도 있다. 전투경찰을 집어넣으면 한두 명 죽는 것으로는 끝나지 않을 수도 있다.

“경찰 특공대는 어떤가요?”

“글러 먹은 것 같네.”

김성식은 대기 중인 경찰 특공대를 힐끗 보면서 고개를 흔들었다.

“따로 전화받는 것 같더군.”

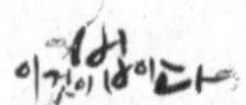

“도움을 받기는 힘들겠군요.”

“그렇겠지.”

경찰 특공대는 지휘 체계가 다르다. 그러니 이쪽의 부탁을 들어줄 리 없다.

“빌어먹을. 여기까지 왔는데.”

여기서 무리해서 돌입했다가 누가 다치기라도 하면 징계는 뻔하다. 안 그래도 벼르고 있는 상황일 테니까.

그렇다고 여기서 병력을 빼면 또 조폭들 놔줬다고 징계가 들어올 것이다.

“어느 쪽이든 날 가만두지는 않겠군요.”

자신이 누구를 노리는지 확실하게 드러난 이상 그들을 비호하고 있는 자들의 입장에서는 절대 놔둘 수 없는 노릇일 것이다.

“결국 잡아서 그 녀석의 옷을 벗기는 수밖에 없군.”

김성식은 짜증스럽게 말했다.

여기서 박강우가 살아남으려면 저들을 잡아서 뇌물에 대한 증언을 얻어 낸 후 그걸 바탕으로 그놈들을 쳐 내는 수밖에 없다.

“검찰이란 조직이 쉽지는 않군요.”

“절대 권력은 절대적으로 부패한다고 하지 않나.”

대한민국에서 기소 독점권을 가진 검찰이 부패하지 않을 리 없다.

"젠장……."

벌써 연락받은 건지, 몇몇 전경 중대장들이 병력을 빼려고 눈치를 보고 있었다.

"작전 안 끝났어!"

보다 못한 박강우가 화내자 중대장 한 명이 조심스럽게 입을 열었다.

"하지만 위에서는……."

"그래서 뇌물 받아 처먹은 새끼들 명령받아서 도망간다고? 한번 가 봐, 그 후에 어떻게 되나. 내가 너도 뇌물죄로 처박아 버린다. 감방에 들어갔을 때 경찰이라고 하면 무슨 꼴을 당하는지 알지? 인생 참 행복해질 거야."

중대장의 얼굴이 핼쑥해졌다.

물론 경찰이 부하도 아니니 이렇게 협박하는 것은 잘못이다. 하지만 이렇게라도 하지 않으면 박강우는 한 줌도 안 되는 자신의 수사관과 노형진 그리고 김성식만 데리고 안으로 뛰어드는 수밖에 없다.

"그건 좀……."

전투경찰 중대장은 이러지도 저러지도 못하는 상황에 처하자 곤혹스러운 얼굴이 되었다.

"자, 자. 진정하게. 그나저나 저 녀석들을 어떻게 하지?"

저들이 완전무장한 상황에서 들어가면 유혈 사태는 피할 수 없다. 그건 절대 벌어져서는 안 되는 일.

“흠.”

그 순간 노형진의 눈에 들어온 것이 있었으니, 바로 여기저기 쌓여 있는 건축자재들이었다.

노형진은 씩 웃었다.

“토끼 좋아하십니까?”

“응?”

“토끼라니요?”

“우리, 토끼몰이 한번 해 볼까요?”

노형진의 시선을 따라 그곳에 있는 물건들을 확인한 김성식은 씨이익 하고 함께 미소를 지었다.

⚖

“더 가지고 와요.”

“더 많이.”

“주변 상가에 가서 쓰레기 좀 달라고 하세요.”

건물 아래에는 불기둥이 솟구치고 있었다.

건물을 올릴 때 일하던 사람들이 불 때는 용도로 쓰던 드럼통 안에는 온갖 쓰레기가 가득 차 불타오르고, 유독가스가 하늘 높이 치솟았다.

“자, 특별 서비스 왔습니다.”

즐겁게 말하면서 노형진이 검은색 덩어리를 몇 개 가져다가 던져 넣자 순간 확 올라오는 불길과 검은 연기 그리고 냄새.

사람들은 기겁하면서 뒤로 물러났다.

"노 변호사, 아니, 무슨 독극물이라도 넣은 거야? 콜록콜록……! 무슨 냄새가……."

"독극물은요, 타이어입니다. 저쪽에 절단기를 가진 분이 있기에 잠깐 빌렸죠."

"타이어?"

타이어가 타면서 나오는 연기는 유독 물질로 가득하다. 물론 냄새도 끝내준다.

"자, 이제 슬슬 나올 때가 된 것 같은데요."

창문 아래마다 불타는 드럼통이 놓여 있고 거기서 엄청난 연기가 피어올라 가고 있다.

건물은 거의 완성된 상태지만 창문은 달려 있지 않았기 때문에 건물 가득히 연기가 차고 있었다.

"완성되지도 않은 건물이니 스프링클러가 있을 리 만무하죠."

당연히 물도 쏟아지지 않을 테니 그들은 거기서 버티다가 질식해서 죽는 것과 기어 나오는 것 중 하나를 선택해야 한다.

그리고 누구도 전자를 선택할 생각은 없을 것이다.

"으아아!"

비상용 계단에서 들리는 고함.

결국 버티지 못한 조직원들이 살려고 뛰쳐나오는 것이다.

물론 발악하기 위해 몽둥이를 휘두르고 있었지만.

“으악!”

매운 연기가 가득한 곳에서 앞이 보일 리가 만무했다.

눈도 뜰 수가 없는 상황에서 무작정 돌격하는 그들의 발아래에는 노형진이 설치한 함정이 놓여 있었다.

함정이라고 해 봐야 그저 고정시킨 철사였지만 눈도 뜨기 힘든 상황에서 그걸 볼 수는 없었고, 조직원들은 그대로 철푸덕 넘어졌다.

“으아악!”

“조져!”

“빨리 내려가라고!”

앞에서 내려가지 못하자 위에서는 다급해졌다. 점점 숨 쉬기 힘들어졌기 때문이다.

“그냥 나가!”

결국 쓰러진 조직원들이 다시 장애물이 되어서 그들은 자기들끼리 서로 엉키고 뒤집히면서 싸움은커녕 일어나지도 못할 지경이 되어 버렸다.

“콜록콜록.”

“켈렉켈렉!”

얼굴에 검댕을 시커멓게 묻힌 조직원들은 숨을 쉬기 위해 발악했고, 노형진은 다시 한 번 옆에 있던 경찰에게서 수갑을 받았다.

그 수갑은 ‘까드득’ 하고 조이는 소리와 함께 쓰러진 조직원의 두 손을 뒤쪽으로 고정시켰다.
"캬, 이 손맛! 중독되겠어, 후후후."
그와 동시에 쓰러진 조폭들에게 경찰이 달려들었다.

공해

"좋은 소식 두 개와 나쁜 소식 하나가 있습니다."

"뭔데요?"

이틀 뒤 박강우는 1단계 보고서를 들고 왔다.

바쁜 와중에 인천에서 사무실까지 온 걸 보니 무척이나 고마운 모양이었다.

하긴, 한국계 조직 이백 명과 중국계 조직 백쉰 명을 소탕했으니 앞으로 그의 인생은 탄탄대로일 것이다.

"뭐부터 들으실래요?"

"좋은 소식부터 듣죠."

"그놈이 잠수 탔습니다."

"그놈? 아아아."

아마도 전화해서 지랄하던 윗선을 뜻하는 모양이었다.

"소탕되었다는 보고서가 올라가자마자 황급하게 나갔다고 하더군요. 그리고 어디로 갔는지, 지금까지도 모릅니다."

"아마 중국이나 일본에 있을 겁니다."

노형진은 어깨를 으쓱하면서 말했다.

"아니, 왜요?"

"설마 단순 뇌물 받은 거 가지고 그렇게 도망갔겠습니까?"

"그럼?"

"예상대로 거기서 벌어지는 장기 공장 사태에 대해 어느 정도는 알고 있었을 가능성이 높지요."

"이런 개새끼!"

"그런 개새끼가 있으니까 실종자가 줄어들지 않는 겁니다."

노형진은 그렇게 말하면서 고개를 흔들었다.

아마도 이미 중국이나 일본에 가서 그동안 벌어들인 돈으로 호의호식하면서 살 가능성이 높다.

"일단 그놈이 없으니 사건 진행은 빨라지겠군요. 다른 건요?"

"선우혁 건의 범인이 자백했습니다."

"으음……."

드디어 사건이 해결되었다. 선우혁을 끌고 갔던 촉새가 모든 사실을 자백한 것이다.

"조직이 흡수되면서 잘 보이려고 선우혁에 대해 말했다고 하더군요. 그 후에 보상으로 3억을 받기로 했답니다."

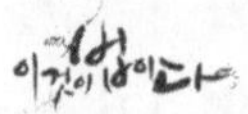

“3억?”

“헐…….”

그 가격에 다들 기가 막혀 하는 소리가 절로 나왔다.

물론 사람의 목숨을 돈으로 따질 수는 없다. 하지만 그렇다고 해도 적은 돈이 아니다.

“그만큼 비싸다는 소리겠군요.”

“희귀한 체질이니까요.”

“후우.”

김성식 변호사는 답답한 듯한 얼굴이 되었다.

예상은 했지만 직접 들으니 너무나 우울했기 때문이다.

“그 체질을 알고 끌어들였다고 하더군요. 그리고 그 녀석들이 왜 그렇게 쉽게 중국 쪽에 붙었는지도 알아냈습니다. 그 녀석들, 원래 밀매하던 놈들이더군요.”

“그렇겠지요. 그리고 그 거래처는 중국 쪽이었을 테구요.”

박강우는 고개를 끄덕거렸다.

“그러다가 직접 진출한다고 하니까 붙어 버린 것 같습니다. 지금까지 거래해 왔으니, 애초에 싸움이 될 리 없다는 것도 당연히 알았을 테니까요.”

“그건 알겠습니다. 그런데 나쁜 소식은 뭐지요?”

“잡혀 온 놈들 중에 촉새를 빼고는 장기 밀매에 대해 전혀 모르더군요.”

“네?”

그건 생각지도 못한 일이었다.

누군가 한 명은 알 거라 생각했는데 아무도 모른다니?

"다들 치료받기 위해 중국으로 간 것으로 알고 있더군요."

"중국으로?"

"네."

"하지만 어떻게요?"

"그러니까요. 이해가 안 갑니다. 중국으로 간다고 데리고 갔다는데, 그 후에 어디로 갔는지는 모른답니다."

"끄응……."

"그리고 그 녀석들이 아는 사람만 백서른 명이 넘는답니다."

생각보다 많은 숫자다.

하긴, 몇 달간 싸워 댔으니 하루에 한 명씩만 다쳐도 그 숫자가 나오고도 남는다. 거기에다가 한국 쪽에 있던 애들도 끌고 갔다고 하니.

"일단 혹시 몰라서 노숙자들도 조사 중입니다. 저 녀석들이 노숙자들에게 손댔을 수도 있어서."

"그건 그렇지요."

"문제는 중국으로 간 것만 알고 그 후는 모른다는 겁니다."

"흠……."

박강우는 아무래도 고마운 것도 고마운 거지만 사건에 진전이 없자 도움을 청하려고 온 모양이었다.

"시체만 130구가 넘는데 그걸 어디로 치웠는지 알 수가 없

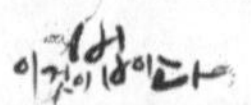

습니다."

"태워 버리는 건 역시 무리였을 테고……."

"그렇지요."

조폭을 잡던 그날도 엄청난 연기가 났다.

그러니 시체를 태우면 더하면 더했지, 덜하지는 않을 것이다. 더군다나 절대로 감출 수 없는 그 특유의 냄새까지 감안한다면…….

"그렇다면 좀 무리이긴 해도 역시 땅에 묻은 거 아닐까?"

김성식의 말에 박강우는 고개를 흔들었다.

"전에도 말씀드렸지만, 그건 선배님이 인천에 안 계셔서 모르시는 말씀이에요. 인천에는 산이라고 할 만한 게 없습니다. 그나마 있는 것도 공원화되어서 사람들이 다니는 곳이 대부분이구요. 130구가 넘는 시체를 산에다 묻어 버린다? 그건 힘들죠."

"그러면 그 영화처럼 화학 처리하는 건 어떤가요?"

"그쪽으로도 알아봤습니다. 시체를 녹일 정도의 화학물질은 그다지 많지 않으니까요. 하지만 유통량도 극히 적고 워낙 위험한 물질이라 신분이 확실하지 않으면 유통도 안 됩니다. 애초에 130구의 시체를 처리하려면 어마어마한 양이 필요하구요."

시체가 많아지면 처리하는 것도 힘들어진다. 더군다나 주변의 사람을 피해야 한다는 점에서 더욱 골치 아파지는 것이 현실이다.

"혹시 그거, 바다에 버리면 안 되나요?"

옆에서 조용히 있던 손채림이 뭔가 생각난 듯 자신의 의견을 피력했다.

"바다?"

노형진은 반문을 했다.

"거기는 인천이잖아? 나가면 바로 바다라고. 바다에 버리면 되지 않아?"

"바다에 버린다고? 가능하긴 하지만 거기엔 문제가 있어."

"어떤 문제?"

"바다로 어떻게 가지고 갈 건데?"

"아……."

아무래 장기를 빼낸다고 해도 시체 자체가 줄어드는 건 아니다. 결국 매일같이 배로 가지고 나가서 버려야 한다는 건데, 다른 어민들이 그걸 모를 리 없다.

1~2구 정도면 어떻게 속일 수 있겠지만 130구를 속인다? 그건 말도 안 된다.

"저도 바다를 생각해 보지 않은 건 아닙니다. 하지만 바다에는 접근할 수가 없어요. 배야 구할 수 있겠지만 항구에는 언제나 사람이 많습니다. 그런데 시체를 가지고 배에 올라탄다? 그건 말도 안 됩니다. 그리고 항구마다 확인해 봤지만 시체로 보이는 물건을 태우는 것은 못 봤답니다. 기간이 있

으니 한 10구 정도 되는 적은 숫자의 시체라면 모르지만 130
구의 시체를 버린다고요? 그건 불가능하죠.”

그러면 결국 육지에서 처리할 수밖에 없다는 건데, 육지에
서 처리할 방법이 뭔지 짐작이 가지 않는다는 게 문제다.

“그런데 잡혀 온 놈들은 다 중국에 치료받으러 갔다고 그
랬다는 거지요?”

“네. 그래서 사건이 정체된 상황입니다.”

노형진의 예상대로다.

이러면 당사자는 영원히 사라지는 것이다. 양쪽 다 조사를
하지 않을 테니까.

“중국으로 간다라……. 어떻게 갔다고는 말 안 하던가요?”

“자세한 건 모르더군요. 다친 놈들만 데려갔다고…….”

“뭐, 이상한 건 아니지만…….”

노형진은 문득 걸리는 부분이 있었다.

“데려갔다고요?”

“네.”

“그러면 나갈 때는 살아 있었다는 건가요?”

“그렇겠지요.”

항쟁을 한다고 해도 치명적인 부분을 찌르는 것은 드문 일
이다. 일단 전선에서 물러나게 하는 게 목적인지라 덜 치명
적인 부분을 찌르는 데다 일격에 죽일 정도로 훈련받은 사람
들도 아니다 보니 공격하기 쉬운 부분을 노리게 된다.

집단 살인으로 커지면 실드가 제대로 작동하지 않기 때문
이다.

그래서 가장 많이 찌르는 부분이 다름 아닌 배다.

공격하기 쉽고, 상대적으로 덜 치명적이다. 책을 두툼하게
감아 두면 보호도 쉽고 말이다.

"그 말은, 그 사람들이 살아 있었다는 소리 아닌가요?"

"어차피 장기를 빼내면 죽을 건데 그게 무슨 의미가 있습
니까?"

"아까 채림이가 한 말은 시체를 옮기는 거였지요. 그런데
만일 살아 있는 사람이었다면?"

"네?"

"확실히…… 천성계는 이번 일에 공을 많이 들였을 겁니
다. 그동안 계속 실패했으니 어떻게 해서든 복구하려고 하겠
지요. 최소 1년에 몇천억이 달려 있는 사건인 만큼 그냥 허
술하게 하지는 않았을 거예요."

노형진은 입장을 바꿔 생각해 보기 시작했다.

자신이 천성계라면 과연 어떻게 할 것인가…….

'확실히 내륙에서 하는 건 힘들어. 경찰의 시선도 조심스
럽고, 시체 처리도 힘들다. 더군다나 그걸 밀매하는 것도 쉽
지 않아. 한국으로 들어오는 것도 있겠지만 일본이나 다른
곳으로 가는 것도 있을 거야. 해외로 반출하기 위해서는 한
국 내부에서 나가는 건 쉽지 않지. 더군다나 작은 배로 일본

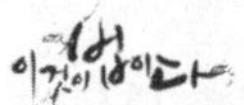

까지 가는 건 힘들어. 그리고 적출된 장기의 신선도 문제도
있고……'

노형진은 그렇게 생각하다가 한 가지 방법을 떠올렸다. 자
신이 천성계라면 쓸 만한 방법.

"혹시 말입니다, 산 채로 배에 태워서 보낸 거 아닐까요?"

"무슨 말입니까? 장기를 적출했는데 어떻게 산 채로 나가요?"

"그게 아니라, 적출하지 않은 상황에서 배를 태워서 보내
는 겁니다. 그러면 상황에 맞아요. 그랬다면 누가 봐도 그들
의 말대로 치료를 위해 중국으로 보내는 것이라고 생각했을
겁니다. 당사자도 중국으로 들어가는 것으로 알고 있을 테니
저항하지 않았을 거고요."

김성식은 움찔했다. 확실히 그럴 가능성이 높다.

"그럴 수도 있겠군. 아무리 그래도 깡패인데, 자기 장기를
빼내려고 하는데 저항하지 않을 리는 없을 테니까."

"하지만 배에 산 채로 태우면서 진통제라고 마취제 하나만
놔주면 저항은 깨끗하게 해결되지요. 더군다나 상대방은 의
심할 리도 없고요. 배에 태우는 것도 어려운 건 아닙니다. 으
슥한 새벽에 선원이라고 태우면 누가 의심합니까? 시체도
아니고 움직이는 사람인데. 더군다나 선원 중에는 중국인도
많구요."

치료해 준다고 그자만 빼서 으슥한 곳으로 끌고 가면 눈치
빠른 녀석은 소동을 일으킬 것이다. 하지만 그렇게 하면 누

구도 의심하지 않는다.

"그 후에 다시 돌아와서 적출하면……. 아니 아니, 그래도 의미가 없는데……. 일단 접안을 해야 하잖아? 그리고 역시 시체를 버려야 하는데 그러면 누군가 볼 수도 있고."

김성식은 거기까지는 인정한 듯하다가 다음 부분에서 막혀 버린 듯 고개를 갸웃했다.

그렇게 나가는 것까지는 가능하겠지만 그 후에 다시 들어와서 수술하는 건 무리라고 생각한 것이다.

하지만 노형진의 생각은 좀 달랐다.

"들어올 이유가 있나요?"

"응?"

"수술을 꼭 육지에서 할 이유는 없지 않습니까?"

"수술을 육지에서 안 하면 어떻게 한다 말인가? 수술은 정밀한 작업일세. 흔들리는 배에서는 못 해."

김성식은 부정적으로 말했다.

하지만 노형진은 그런 김성식에게서 오류를 지적해 냈다.

"그건 전제 조건이 틀려서 그런 겁니다."

"전제 조건?"

"애초에 살릴 이유가 없지 않습니까?"

"……!"

수술을 땅에서 하는 이유는 간단하다.

고정된 상태에서 안전하게 해서 수술 대상자의 피해를 최

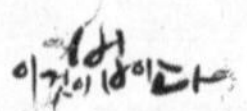

대한 줄이기 위해서다.

"하지만 어차피 죽은 거니까 죽은 사람의 피해를 생각할 이유는 없죠."

"그러면?"

"바다에서 할 수 있지 않을까요? 어느 정도 규모의 배라면……."

"으음……."

그건 생각도 하지 못한 부분이었다.

배에서 수술을 한다? 그러면 모든 부분에서 완벽해진다.

"그렇게 하면 시체는 바다에 던져 처리할 수 있고, 다른 조직원들이 봤을 때는 영락없이 중국으로 간 셈이 되는군."

"그리고 어느 곳이든 빠르게 가지고 갈 수 있지요. 중국이든 일본이든 말입니다."

수요는 넘치고, 비싸게 팔 수 있으니 상당히 돈이 되는 사업인 셈이다.

"왜 중국에서 바로 안 하고?"

"중국에서 바로 하면 수사를 하니까."

사람이 넘치는 중국과 수사를 안 하는 한국. 그 절묘한 콜라보인 셈이다.

"천성계답군."

김성식은 얼굴을 찌푸렸다.

천성계, 그는 전형적인 두뇌형 범죄자다. 단순히 기존에 있던 방법을 따라 하는 놈이 아니라 스스로 새로운 방법을 개척하는.

"곤란하군요."

말만이 아닌 듯, 노형진은 정말로 곤란한 얼굴이 되었다.

"어째서 말인가?"

"제가 천성계라면 그 배를 절대로 영해에 두지는 않을 겁니다."

"그게 뭐가 문제인데?"

"영해와 공해는 법의 적용이 완전히 다르다는 거지."

국제법상 공해에 있는 선박은 그 나라의 영토로 간주된다.

영해상에 있으면 해당 국가에서 발급한 영장을 받아서 들어갈 수가 있다.

"하지만 공해에 있으면 국적상의 선박으로 간주되기 때문에 우리는 못 들어가."

"그럼 중국의 영장이 있어야 한다는 거야?"

"그러면 도리어 편하지."

"응?"

"천성계가 그렇게 쉽게 일을 처리할 놈이 아니거든."

"아니, 그게 쉬운 거라고?"

"그래."

"무슨 소리야?"

"일반적으로 많은 선박들이 세금이 낮은 나라에 선박을 등록하고 운영해. 가령 자메이카나 소말리아 같은 곳이지. 문제는 천성계가 멍청하지 않다는 거야. 중국도 분명히 이 사건을 알게 되면 영장을 받아 올 게 뻔해. 아무리 중국 공안이 부패했다고 해도 자기 국민을 장기 부품용으로 팔아먹는데 놔둘 리 없으니까.”

“그래서?”

“나라면 선박의 명의는 다른 나라로 했을 거야.”

“헐.”

선박의 국적이 완전히 다른 나라라면, 그 나라의 협조를 얻어서 영장을 받는 것이 쉬운 것이 아니다.

특히나 소말리아같이 사실상 무정부 국가인 나라에 해 뒀다면 영장을 신청해 봐야 나올 가능성은 10%도 안 된다.

도리어 그들은 돈만 된다면 절대로 영장을 내주지 않을 것이다.

“그건 일단 나중 문제일세. 그 배가 어디 있는지를 알 수가 없는 게 첫 번째 문제이고.”

노형진의 지적에, 김성식은 현재의 가장 큰 문제를 말했다.

“공해상에 있으리라는 추측에는 나도 동의하네. 문제는, 바다라는 공간이 너무나 크다는 거야.”

바다는 어마어마하게 크다.

당장 배가 무전으로 비상사태를 알려도 그걸 찾기 위해 헬기와 수십 척의 배들이 이 잡듯이 뒤져야 할 만큼 넓은 공간이 바다다.

"그런 바다에서 아무런 지원도 없이 공해상에 떠 있는 배를 찾는 건 무리야."

일단 선박을 찾아야 영장도 청구할 수 있다. 지금 상황에서는 어떤 배인지도 모르니까.

"그런데 망망대해에서 어떤 배인지도 모르는 배를 찾는다? 그건 무리야."

공해라고 해도 배가 한두 척만 있는 게 아니다. 배마다 무조건 붙잡고 세우라고 할 수는 없는 노릇.

"결국 특정도 되지 않은 상황에서 배를 찾는 건 포기해야 한다는 거지."

이름과 형태를 알아도 찾을까 말까 한데 아무 정보도 없는 상황.

"그러면 찾을 방법이 없을까?"

"노 변호사."

노형진을 물끄러미 바라보는 사람들.

하지만 노형진으로서도 방법이 없었다.

그는 법에 대해 전문가이지 모든 것의 전문가는 아니다. 하물며 이런 식의 사건은 받아 본 적도 없다.

'그나마 미국이라면 좀 나을 텐데.'

미국이라면 이런 사건이 접수되면 절대로 가만두지 않는다. 예산이 들어가든 말든 일단 수사하고, 헬기나 위성까지 동원해서 의심 선박을 찾아낸다.

"해경에 신고해 볼까요?"

"미친놈 소리나 안 들으면 다행이지."

우리나라에서 그런 걸 할 수 있는 집단은 해경뿐이다. 해군이 이런 일로 움직일 리 없으니까.

"문제는 해경이 그걸 가지고 움직일 리 없다는 건데……."

지금 노형진이 가지고 있는 증거는 모두 심증뿐이다.

납치되었다가 탈출한 사람이 없으니 증인도 없고, 그들이 죽어 나가는 장면도 없으니 증거도 없다.

"음……."

저마다 조용히 생각에 잠겨 있던 그때였다.

문득 노형진의 눈에 핸드폰이 띄었다. 그리고 그 순간 그의 머릿속을 스치는 한 가지 기억.

"핸드폰."

"응?"

"갑자기 생각났습니다. 핸드폰을 추적하는 건 어떨까요?"

"핸드폰을 추적하자니, 그게 가능하겠나? 번호야 몇 개 안 다고 하지만, 그렇다고 해도 섬도 아니고 바다에서 핸드폰이 터질까?"

김성식은 고개를 흔들었다.

그러나 그가 생각하지 못하는 기능이 있었다.

"분실 시 핸드폰을 추적하는 기술이 있지 않습니까?"

“그런 게 있었어?”

“아!”

그 말에 박강우는 손바닥을 탁 쳤다.

“가능합니다. 요즘 핸드폰은 GPS가 내장되어 있는 기종이 있거든요.”

“GPS가?”

“네. 몇몇 서비스는 위치 기반을 기준으로 서비스하기 때문에 추적할 때 기지국이 아니라 GPS를 가지고 합니다. 상당히 근접하게 표시되지요.”

“그런 게 있었어?”

“적용된 지 얼마 안 된 기술이라서요.”

한국에 스마트폰이라는 것이 유통되기 시작한 지 얼마 지나지 않은 시점이라 사람들 대부분은 스마트폰의 기능에 대해 모르는 상황이었다.

하지만 스마트폰은 현대 기술의 총아라는 별명답게 위치를 추적할 수 있다.

‘그래, 가끔 우스갯소리로 인터넷에 떠다니곤 했지.’

나중에는 사람들이 그 기능을 알고 인터넷으로 분실한 핸드폰을 위성추적했더니 바다 위나 해외, 심지어는 평양인 경우도 있었다.

평양에 한국 전화 기지국이 있을 리가 만무하니 GPS로 추적해서 나타난 결과다.

“아무리 망망대해라고 해도 그 기술을 쓰면 1킬로미터 반경 내에서는 찾을 수 있을 겁니다.”

“오오!”

망망대해인 만큼 찾는 게 쉽지 않지만 또 반대로 대략적인 위치만 알아낸다면 시야를 가로막는 물건이 없기 때문에 찾아내는 것이 어렵지 않은 게 바로 바다다.

항구도 아니고 1킬로미터 반경 안의 공해상에 선박이 몰려 있을 가능성은 거의 없으니까.

“더군다나 수술할 정도의 크기를 가진 선박이라고 한다며 작은 요트는 아닐 겁니다.”

그런 물건은 바다에 나가기도 힘들고 파도에 버티기도 힘들다. 당연히 그 사이즈는 최소한 어지간한 여객선급은 되어야 한다.

“좋은 생각이군. 하지만 어떻게 찾는다는 건가? 우리는 거기에 가 있는 번호를 모르는데?”

“하지만 그때 잡혀 왔던 녀석들이 있지 않습니까? 설마 그 중에서 중책의 전화번호를 아는 사람이 없을까요?”

“그렇군.”

“그 녀석들도 한국에서는 중앙 텔레콤에서 공급한 대포폰을 들고 다녔을 겁니다. 그거면 충분히 추적할 수 있습니다.”

그 말에 박강우는 벌떡 자리에서 일어났다.

“당장 해 보겠습니다. 어쩌면 생각보다 큰 건일지도 모르겠군요."

벌써 큰 건을 두 건이나 해치운 박강우다.

사사건건 방해하던 녀석이 어디론가 도망간 이상, 이 건만 해결한다면 자신이 그 녀석의 자리를 차지할 수도 있다.

"부탁드립니다."

노형진은 박강우에게 고개를 숙여서 부탁했다.

물론 추적 자체는 노형진도 정보 팀을 통해 몰래 할 수 있다. 정보 팀 내부에는 전화 회사에 인맥이 있으니까.

하지만 그건 어디까지나 불법인 데다, 정작 자신들은 추적해야 하는 번호를 알지 못한다.

'하지만 저들의 자백이라면……'

그러나 박강우가 이번에 잡혀 온 녀석들을 취조해서 그 녀석들의 자백으로 번호를 받아 낸다면 그 번호에 대한 명확한 영장을 받아 어렵지 않게 바로 추적할 수 있다.

"걱정하지 마세요. 금방 하겠습니다."

박강우는 노형진을 만난 것이 행운이라 생각하면서 서둘러서 자신의 사무실로 뛰어가기 시작했다.

"찾았습니다."

얼마 후 박강우는 노형진의 사무실로 한 장의 지도를 들고 찾아왔다.

"찾았다고요?"

"네, 의심스러운 선박이 한 대 있더군요."

박강우는 이번에 체포된 인물들에 대해 수사를 시작했다.

천성계는 이번 작전을 철저하게 기밀로 했다.

그럴 수밖에 없는 것이, 그가 궁극적으로 하려는 일의 성질상 일선에서 뛰는 조직원들에게 말할 수 있을 리 없다.

세상 어떤 놈이 자신이 다치면 장기를 파내겠다는 데 동의하겠는가?

그래서 대부분의 조직원들은 자신들이 아는 그 핸드폰 번호가 가지는 무게감을 이해하지 못하고 쉽게 말했고, 얼마 후 박강우는 그중 하나를 검색해서 바다에 떠 있는 하나의 점을 발견했다.

"이건?"

"그 녀석들이 아는 번호 중 하나입니다. 지난 나흘간 계속 확인하고 있는데 동일한 위치에서 움직이지 않고 있더군요. 공해상에 떠 있습니다."

"음……."

인쇄된 지도에는 바다가 그려져 있었다. 그리고 거기에 찍혀 있는 하나의 점.

"지도상으로는 공해상으로 표시됩니다."

확실히 공해상이 맞다.

국제법을 참고해 봤을 때 아슬아슬하게 공해 쪽에 점이 찍혀 있기 때문이다.

"가서 확인해 보지는 못했나요?"

"네. 해경의 도움을 받기는 힘들어 보이더군요."

"어지간하면 도와주지 않나?"

박강우의 말에 김성식은 고개를 갸웃했다.

검찰과 경찰은 상부상조하는 집단이다. 그러니 협조 요청을 하면 어지간하면 도와준다. 그런데 힘들다니?

"너무 먼 바다랍니다."

"너무 먼 바다?"

"네."

근해라면 모르지만 먼바다에 가기 위해서는 큰 배가 필요하기 마련이다.

문제는 그런 배를 동원하기 위해서는 상당히 윗선에서 부탁을 해야 한다는 것.

"그리고 단순한 의심이라는 것도 역시나 문제가 되었구요."

"음……."

지금 가진 모든 증거는 정황상의 증거일 뿐이다.

그러니 해경 입장에서는 정황상의 증거만 믿고 먼바다로, 그것도 영장도 없이 나갈 리 없다.

"아무래도 그곳을 확인하기 위해서는 다른 방법을 써야 할 것 같습니다."

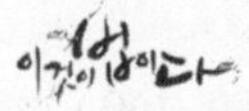

"다른 방법이라. 우리가 접근하면 바로 알아챌 텐데요."

다들 얼굴을 찡그러뜨렸다.

그럴 수밖에 없는 게, 아무리 군용선이 아니라고 할지라도 현대의 선박은 레이더라는 게 달려 있을 게 뻔하기 때문이다.

물론 아주 작은 어선 같은 거라면 무리일 수도 있겠지만 최소한 수술실을 설치할 정도의 선박이다. 그리고 대해의 파도에 맞서서 자리를 지킬 정도면 아주 작은 배는 아닐 가능성이 높다.

"그러니까 문제지요."

망망대해이니 노형진이 그들을 발견하기 쉬운 것처럼, 그들 역시 접근하는 배를 발견하기는 쉽다.

만일 어떻게 해경의 도움을 받아서 접근한다고 해도, 바로 승선할 수 있는 것도 아니다.

"접근해서 선박명을 알아내고 해당 국가의 영장을 받아 내야 한다는 건데."

그때쯤이면 이미 모든 증거는 다 버린 후에 다른 곳으로 가 있을 가능성이 높다.

"설사 받아 낸다고 해도 중국으로 간다면 우리 영장은 소용이 없을 테구요."

저들은 자신들이 접근했다는 이유만으로도 충분히 중국으로 도망갈 수 있다.

하지만 정작 자신들은 증거조차도 찾을 수 없다.

"놔두고 싶군, 솔직히."

김성식은 짜증스럽게 말했다.

노형진은 그런 김성식의 기분을 충분히 이해는 하지만 그렇다고 해서 놔둘 수는 없었다.

"여기서 박멸하지 않으면 다시 똑같은 일을 저지를 겁니다."

"그렇겠지."

그리고 완벽하게 자리를 잡으면 한국인 납치를 시작할 것이다.

실종에 대해 수사를 하지 않는다는 걸 아는데 두려울 게 뭐가 있겠는가?

"그러니까 문제입니다. 하늘로 날아갈 수도 없고.."

"헬기로는 무리인가요?"

헬기라면 아무리 배가 빨리 움직인다고 해도 충분히 따라잡을 수 있다.

그러나 박강우는 고개를 절레절레 흔들었다.

"헬기를 생각해 보지 않은 건 아닙니다. 하지만 헬기가 실릴 정도의 배는 군사용 아니면 해경에서도 상당히 큰 배뿐입니다. 그런 배가 움직이면 레이더에 안 걸릴 수는 없습니다. 더군다나 헬기는 탑승 인원이 얼마 안됩니다. 추적이나 수색이 아니라 강습은 불가능합니다. 군용도 아니고 경찰용이라면 더더욱 그렇지요. 그렇다고 땅에서 날아가기에는 거리가 너무 멀고요."

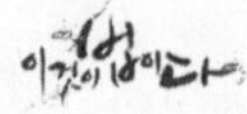

“그래요?”

“네, 애초에 해경용 헬기는 강습용으로 사지 않았으니까요. 설사 무리해서 한다고 해도 그놈들이 지대공미사일이야 가지고 있지 않겠지만 총기로 무장했을 가능성이 높은데 수적인 열세로 탑승하는 순간 제압될 겁니다. 배의 이탈을 막으려면 배를 제압해야 하는데 헬기로는 무리입니다.”

“흠……..”

순간 노형진의 머릿속에 스치는 생각이 있었다.

“물속은 어떨까요?”

“물속?”

“네. 그들이 물속까지 감시할 것 같지는 않은데요?”

“음……..”

확실히 일반적으로 레이더를 달지 물속을 탐지하는 장비까지 달지는 않는다. 그건 군사용품이기 때문이다.

어군탐지기 정도야 달려 있을 수 있지만 그건 탐색 반경이 좁고 말이다.

“하지만 물속으로 어떻게 갈 건데요?”

가장 큰 문제는 이것이다. 바로 물속으로 갈 방법이 없다는 것.

“우리한테 잠수함이 있을 리 없지 않습니까? 그렇다고 해군에 도움을 요청할 수도 없고.”

그 말에 노형진은 씩 웃었다.

"우리한테는 잠수함이 없지만, 잠수함이 있는 곳은 알죠."

"엉?"

노형진의 말에 다들 어리둥절한 얼굴이 되었다.

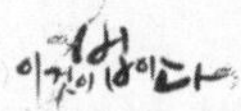

"내가 이 잠수함을 이런 용도로 타게 될 줄은 생각도 못 했는데?"

손채림은 바다를 바라보면서 기가 막히다는 듯 말했다.

"그래서 싫어?"

"싫다기보다는…… 당황스럽네."

"솔직히 나도 그러네. 이거 빌리는 게 싼 게 아닐 텐데."

"제가 남는 게 돈뿐이라서요."

"쩝, 그건 부럽구먼."

김성식은 노형진의 말에 입맛을 다셨다.

지금 그들은 잠수함을 타고 있었다.

일반적으로 잠수함은 일반용이 없다. 하지만 일반인이 빌릴 수 있는 잠수함이 있다. 바로 관광용 잠수함.

"간식 좀 가지고 올 걸 그랬나?"

"아까 아침 먹고 왔잖아."

"그거 네 시간 전이거든!"

"좀 기다려. 거의 왔으니까."

“잠깐만, 돌아갈 때도 네 시간 가야 하잖아?”

그 말에 노형진은 아차 싶은 얼굴로 슬쩍 고개를 돌렸다.

거기까지는 미처 생각도 못 해서 음식과 물을 준비하지 않았던 것이다.

“내가 그럴 줄 알았다.”

혀를 끌끌 차는 손채림.

그들은 해당 지점에서 가장 가까이에 있는 해양 관광 잠수함을 빌려서 움직이고 있었다.

하루 빌리는 데 무려 600만 원이나 들고 거기에다 여기까지 견인해 오는 견인비 그리고 보험료까지 무려 1천만 원이 드는 일이었지만, 이번에는 좋은 일을 한다는 생각에 기꺼이 낸 노형진이었다.

“내가 아니면 누가 준비하겠어.”

갑자기 가방에서 주섬주섬 뭔가를 꺼내는 손채림.

간단한 빵과 우유를 보고 노형진은 기가 막혔다.

“먹을 걸 싸 온 거야?”

“그럼. 바다 여행에 간식은 기본이지.”

“끄응.”

하지만 그녀 덕분에 쫄쫄 굶는 상황은 면했기 때문에 다들 그걸 받아서 먹기 시작했고, 그러는 사이 드디어 선박이 멈췄다.

“여기서부터는 잠항해야 할 것 같은데요. 공해상으로 나

갑니다.”

잠수함을 모는 선장은 손채림에게서 받은 빵과 우유를 삼키면서 말했다.

“그래요?”

“네. 아마 우리 배도 레이더에 걸렸을 겁니다. 공해상으로만 나가지 않으면 의심은 하지 않겠지만요.”

“그러면 잠수를 해서 접근하지요.”

“네.”

이 잠수함은 관광선이기 때문에 오래 잠항할 수 있는 능력이 안 되어서 여기까지 견인되어 온 것이다.

잠시 후 한 명이 위에 연결된 선을 빼는 듯 우당탕 소리가 들리는 듯하더니, 잠수함이 천천히 물속으로 가라앉기 시작했다.

“설마 상대방이 군함 같은 걸 타고 있는 건 아니겠지요?”

“그럴 리가요.”

설사 군함이라고 할지라도 잠수함을 추적할 수 있는 배는 한정되어 있고 거기에다 잠수함을 공격할 능력을 가진 배는 더더욱 한정되어 있다.

그런 걸 가지고 있을 수준이면 애초에 국가 규모지 폭력 집단이 아니다.

“일단은 접근하고 있습니다. 외부 카메라를 돌려 볼까요?”

“네.”

관광선이라고 하지만 외부를 볼 수 있는 카메라가 있기 때문에 굳이 바깥으로 나갈 필요는 없었다.

잠시 후 작은 화면에 바깥의 모습이 비쳤는데, 가장 먼저 눈에 들어온 것은 소형 화물선의 모습이었다.

"역시나 그렇군요."

아주 큰 선박은 아니지만 그래도 대해에서 버틸 수 있는 크기를 가진 선박. 여기저기 녹이 나서 오래된 게 확실해 보이는 선박이었다.

그리고 그다음에 눈에 들어온 것은 휘날리고 있는 국기였다.

"저거 어느 나라 거야?"

"키르기스스탄이네."

화면의 깃발을 본 손채림은 잠시 기억을 더듬더니 확실하게 못을 박았다.

"우리 집에 각 국가를 소개하는 책자가 있었어. 거기에 있었어. 확실해."

"흠."

확실히 손채림은 노형진에 비해 이해력이나 즉흥적인 부분은 부족하지만 암기력 하나는 뛰어나다. 그러니 그녀가 말하는 것은 사실일 가능성이 높다.

"거기는 내륙 국가 아닌가?"

"그렇지요. 하지만 바다를 접한 나라만 배를 소유하라는 법은 없으니까요."

아무리 내륙 국가라고 해도 선박을 가질 수는 있다. 그리고 위치 같은 걸 봐서는 확실히 가능성이 높다.

"중국 바로 옆에 있고, 그다지 잘사는 나라도 아니고."

그러니 세금만 낸다고 하면 선박을 등록하는 것은 어려운 일이 아니었을 것이다. 거기에다 버스만 타도 넘어갈 수 있을 만큼 가까운 나라이기도 하고 말이다.

"교류가 있기는 하지만 쉽게 나올 것 같지는 않은데.."

김성식은 걱정스럽게 말했다.

키르기스스탄은 한국과 교류 중인 국가이기는 하다. 하지만 어떤 나라든 자국 관련 영장은 쉽게 내주지 않는다.

"더군다나 중국의 입김이 강한 나라라서."

"음……."

당연히 중국인들도 많다. 즉, 중국 폭력 조직도 있다는 소리다.

'그러고 보니 그렇군.'

노형진은 얼마 전 인터넷에서 봤던 뉴스가 생각났다. 키르기스스탄에서 중국인들이 현지 경찰을 구타했다는 것이다.

물론 중국인들이 다른 나라에서 집단적으로 문제를 일으키는 경우가 흔하니 그거야 신기한 건 아닌데, 문제는 그 대응이다.

키르기스스탄에서 내린 처분은 처벌이 아니라 그냥 추방이었다. 그리고 영구 입국 금지.

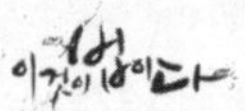

한 나라의 공권력에 도전한 것인데 그렇게 처벌이 약하다는 건 중국의 입김이 아주 강하다는 소리다.

"거기에다 부패도 심한 편이고……."

결과적으로 자신들이 도움을 요청해 봐야 관련 서류가 나올 가능성보다는 안 나올 가능성이 더 높으며, 설사 나온다고 해도 그때쯤이면 아마 저 선박은 이미 증거를 다 없애고 어디론가 사라진 후일 것이다.

"일단은 돌아갑시다. 선박 국가와 이름을 알았으니……."

노형진이 막 돌아가자고 하는 그때였다.

"어어?"

사람들은 당황해서 모니터에서 눈을 떼지 못했고, 노형진도 그 너머에서 보이는 장면에 시선을 고정시켰다.

"사람인 것 같은데?"

커다란 양동이를 꺼내서 끌고 온 남자는 그 양동이를 난간에 올리고는 그대로 쏟아 버렸다.

그리고 그 안에서 쏟아지는 붉은색의 무언가.

"우욱."

손채림은 그걸 보고 자신이 음식을 먹은 걸 저주하면서 뒤로 가서는 봉투를 붙잡고 토악질을 시작했다.

뭔지 모를 내장과 일부 뼈 그리고 두개골이 바닷속으로 던져졌기 때문이다.

"이……건……."

내장만 던져졌다면 다른 뭔가라고 생각하겠지만 두개골이 던져진 이상 그게 뭔지는 너무나 뻔했다.

"저게…… 사람이라는 거야?"

김성식은 너무나 충격을 받은 모양이었다.

최소한 사람 형태는 남아 있을 거라 생각했는데 그마저도 없이 그저 양동이에 담겨 있는 찌꺼기가 한 사람의 인생의 끝이라니.

"사람의 신체는 생각보다…… 비싸니까요."

장기 매매라고 하면 사람들은 기껏해야 심장이나 신장 그리고 각막이나 콩팥 정도를 생각할 것이다. 하지만 피부나 힘줄 그리고 일부 뼈 등도 사용된다.

그리고 그러고 남은 것은, 저렇게 한 양동이밖에 되지 않는 근육과 쓰이지 않는 부위들.

"참혹하군요."

박강우는 이를 악물었다.

의심을 하기는 했지만 진짜로 보고 나자 토악질이 나는 기분이었다.

"아마도 얼마 전 항쟁에서 다친 사람이겠지요."

"아니면 수많은 실종자 중 한 명이든가."

"끄응."

한 해에 실종자만 5만이다. 거기에다 실종 신고가 되지 않는 노숙자까지 합하면 과연 한국에서 얼마나 많은 사람들이

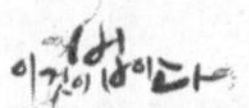

사라지는지 무서울 지경이다.

"참혹하지만…… 타이밍은 좋았군요."

생각해 보면 하루에 한 명씩만 사라진다고 해도 매일같이 시체가 버려지는 셈이다.

주변이 다 망망대해이니 눈치를 보면서 시체를 끌어안고 있을 이유는 없다.

"잔인한 광경이군."

"네."

그들은 잠시 입을 다물고 침묵했다.

"영장이야 받을 수 있겠지만……."

타이밍 좋게 그런 모습이 촬영되었으니 법원에서는 바로 영장을 내줄 것이다.

하지만 그렇다고 해서 문제가 해결된 것은 아닌 상황.

"문제는 저 배로 어떻게 올라가느냐인데."

저들은 공해상에 있고, 현행법상 공해상에 있는 선박은 소속 국가의 선박이다. 그러니 접근해서 배로 올라가기 위해서는 그들을 대한민국의 영해로 끌어들여야 한다. 그래야 자신들의 영장이 효과를 발휘하기 때문이다.

"방법이 없지요."

저들이 바보가 아닌 이상에야 절대로 한국으로 들어올 리 없다.

"큭……."

뻔히 보이는 범인을 잡지 못하는 상황만큼 검사의 속이 쓰라린 경우는 없다.

"결국은 쫓아내는 선에서 해결해야 하나."

하지만 그건 언제까지나 할 수 있는 게 아니다.

그들이 다시 들어오면? 그때 박강우나 다른 사람이 모르면?

그때는 말 그대로 대한민국은 장기 공급용 공장이 되어 버린다.

"무리지 싶은데. 저들이 잘못이 있다고 착각하게 하지 않는 이상."

그 말에 조용히 듣고 있던 선장은 고개를 흔들었다.

"지금이 18세기도 아니고 그게 가능할 리 없습니다. 현대에는 위성으로 신호를 받아서 자기 위치를 다 확인합니다. 과거에나 별자리로 추적했지, 누가 요즘 그러겠습니까? 그러니 녀석들이 위치를 파악하지 않을 가능성은……."

"그건……."

김성식이 말을 하려던 그 찰나, 노형진이 고개를 번쩍 들었다.

"위성! GPS!"

"왜 그러나?"

다들 시선을 노형진에게 향했다.

"방금 GPS로 신호를 받아서 한다고 했지요?"

"네."

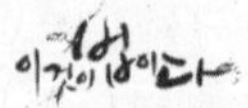

"그러면 가짜 신호를 보내면 움직일 수도 있겠군요."

"그렇습니다만, 그게 가능할 리 없지 않습니까? 우리가 위성을 해킹할 수 있는 것도 아니고."

"아니요. 위성을 해킹할 필요는 없습니다. 가짜 신호만 만들어 내면 되지요."

"가짜 신호?"

"네."

노형진은 미래에 있었던 게임을 생각했다.

'몬스터고'라는 게임.

온 지역을 돌아다니면서 몬스터를 잡는 형식의 게임인데, 한국에서는 정치적인 이유로 발매가 되지 않았다. 그런데 한국의 특정 지역이 위치상의 이유로 게임이 플레이가 되면서 사람들이 엄청나게 모여든 적이 있었다.

'그 당시에 분명히 봤어.'

그때 어떤 사람이 GPS 신호용 기계를 만들어서 인터넷에 올린 적이 있다. 가짜 GPS 신호를 만들어서 그곳이 아니더라도 그걸 잡을 수 있다며.

물론 하나에 800만 원이나 하는 물건을 단순히 게임을 하겠다며 사는 사람은 없었지만 말이다.

'하지만……'

그 당시 그 글에 달려 있던 댓글은 기억하고 있었다.

'쓸데없이 비싸다고, 부품이 비싸다고는 해도 이 정도는

아니라고 했지.'

다시 말해 지금의 기술로도 만들 수 있다는 소리였다.

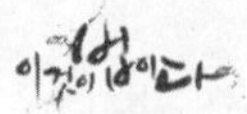

"그거야 어렵지 않지만……."

이상한 눈빛으로 바라보는 사람들.

그들은 생각지도 못한 부탁에 당황한 눈치였다.

"그걸 뭐에 쓰시려고요?"

"잠시 쓸 곳이 있습니다."

"잠시? 잠깐 쓰자고 그걸 만드시겠다고요? 그건 진짜 돈 지랄인데요."

그들은 카이스트의 공학 동아리생들이었다.

노형진은 그걸 만들 수 있는 사람들을 찾아내려고 했고, 카이스트생 정도면 어렵지 않게 만들 수 있을 거라 생각했다.

"필수적인 거라서 그럽니다."

"뭔데요?"

"보안은 지켜 주셔야 합니다."

노형진은 그렇게 말하면서 사건 전반을 그들에게 말했다.

설마 카이스트생들이 그들과 선이 닿아 있을 거라 보기는 힘들기 때문이다.

역시나, 이야기를 들은 카이스트생들은 얼굴이 사색이 되었다.

"이런 미친……."

"아니, 그런 똘아이 집단이 있어요?"

"세상에는 돈만 된다면 뭐든 하는 인간들이 넘치니까요."

"으엑……."

충격을 받은 그들이었다.

하긴, 아직 그들은 학생일 뿐이니까.

"가능할까요?"

"가능하기는 하죠. 하지만 출력이 좀 무리인데요. 그 정도 사이즈의 배를 속이기 위해서는 출력이 강해야 하는데."

"그건 상관없습니다."

아무리 크다고 해도 결국 전자 제품일 뿐이니 잠수함에 충분한 배터리를 연결해서 가면 된다.

"음……."

"가능하면 빨리 만들어 줬으면 하는데요."

그 말에 학생들은 고개를 끄덕거렸다.

"네, 그래야지요."

⚖️

"어허, 참. 이러면 곤란하다니까요."

"아니, 곤란하다니요. 그게 말이나 됩니까?"

박강우는 화를 버럭버럭 내고 있었다.

"영장도 있고! 상부의 허가도 받았는데 뭐가 문제인데요?"

"그 정도 배를 동원하면 그게 군사작전이지 뭐요. 우리 해경은 그런 사건 못 합니다."

"이익!"

해경의 말에 박강우는 이를 악물었다.

저들이 이러는 건 다름 아닌 중국의 눈치를 보기 때문이다.

'해경 놈들이 부패했다는 소리는 많이 들었지만……'

그들은 중국을 유독 무서워한다.

해경의 특성상 바다에서 일어나는 사건을 담당해야 하지만 실제로 바다에서 일어나는 사건은 그다지 많지 않고, 벌어진다고 해도 은폐되기 일쑤다. 그나마 해경이 동원되는 것은 실종자 수색 정도.

그렇다 보니 승진하는 사람은 일을 한 사람이 아니라 로비를 잘하고 뇌물을 잘 주는 녀석들이었다.

그 무능이 훗날 큰 문제가 되어서 터지기 전까지, 그들은 복지부동의 전형적인 모습을 보여 주고 있었다.

"아니, 우리 애들이 무슨 총알받이야? 총기로 무장했다며? 그런 놈들 배로 무슨 수로 올라가?"

"헬기는 폼인가요?"

"그러다 총 맞아서 바다에 추락하면 당신이 책임질 거야?"

법원의 영장이 나왔는데도 일신상의 안위만 챙기는 그를

보면서 박강우는 이를 박박 갈았다.

'이래서는……'

그나마 경찰은 핑계를 대면서 이러한 병력 동원을 거절하지는 않는다. 하지만 딱 봐도 이 사람은 병력을 동원하는 것을 동의해 주지 않을 것 같은 상황.

"작은 배 하나 배정할 테니까 거기에 애들 태우고 가든가요."

"뭐요?"

"내가 해누리급 하나 배정해 줄 테니까 거기에 당신네 애들 태우고 가라고. 총격전에 우리 애들 끌어들이지 말고."

물론 그가 자기 부하들의 목숨을 아껴서 이러는 것이 아니다. 진짜 목적은 사고가 발생했을 경우 책임지는 것을 피하기 위해서다.

'이 새끼가 진짜……!'

박강우는 이를 빠드득 갈았다.

아무리 봐주려고 해도 복지부동이 너무 심하기 때문이다.

이 정도 사건에, 저들의 선박에 얼마나 많은 인원과 무기가 있는지 알 수 없는 상황.

그러면 최소한 3천톤급인 태평양급이나 5천톤급인 삼봉급을 투입해야 한다. 그런데 고작 300톤급의 해누리급이라니.

해누리급이라고 하면 많아 봐야 서른 명밖에 타지 못한다. 거기에다 선박 운항 요원을 빼고 나면 탈 수 있는 사람은 더 줄어든다.

“이봐요, 지금 총격전을 해야 하는데 우리보고 죽으라는
겁니까?”

“그러면 우리 애들보고 죽으라는 거요?”

도무지 말을 처듣지 않는 사람이었다.

‘젠장.’

아무리 검사라고 하지만 삼봉급이나 태평양급의 선박을
동원할 수 있는 사람의 위치도 그에 못지않기 때문에 그가
복지부동으로 나오자 할 말이 없었다.

‘이 새끼를 죽일 수도 없고.’

당장 바깥에서 수백 명이 죽어 나가게 생겼는데 자기 자리
만 챙기는 그의 모습에 박강우는 화가 머리끝까지 나는 기분
이었다.

‘흠……’

노형진은 그런 모습을 옆에서 보다가 자리에서 일어났다.

원래 자신이 낄 자리가 아니다 보니 자신이 말할 만한 것
이 없었던 것이다.

“그러면 이만 가죠.”

“뭐라고요?”

박강우는 그 말에 깜짝 놀랐다.

해경이 병력을 동원해 주지 않으면 자신들은 어떻게 할 수
있는 방법이 없다. 올라가기는커녕 접근도 힘들다.

“잘 생각했어요. 그냥 가서 적당한 배를 빌리든가.”

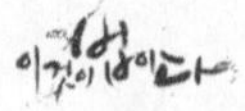

히죽거리는 해경.

물론 노형진이 그냥 할 말이 없어서 기다리는 건 아니었다.

"뭐, 이 모습을 보면 기자들이 뭐라고 할지 모르겠네요."

"뭐라고?"

"기자 말입니다. 이렇게까지 거절하시는 거 보니 그쪽 조직에서 제법 적지 않게 받으신 모양인데."

"뭔 개소리야!"

그 말에 펄쩍 뛰는 해경.

하지만 노형진은 천연덕스럽게 말했다.

"그게 아니고서야 그들을 지켜 주려고 이렇게까지 목숨 거실 이유가 없지 않습니까? 그렇잖아도 중국 놈들한테 뇌물을 받아먹은 게 발각돼서, 인천 지역에 있던 상당히 높은 녀석이 중국으로 도피한 거 아시죠? 경찰에도 뇌물을 썼는데 해경에도 뇌물을 쓰지 않았으리라는 법은 없지 않습니까?"

"난 받은 적 없어!"

"뭐, 그렇게 말씀하세요."

노형진은 주저하지 않고 자리에서 일어나서 문 쪽으로 걸어갔다.

"잠깐!"

아니나 다를까, 노형진이 나가려고 문고리를 잡자 소리를 버럭 지르는 남자.

"왜 그러시지요?"

“아니, 그런 게 아니라…….”

“언론에는 그렇게 말해 드릴게요. 전 공익 제보를 해야 해서 말이죠.”

노형진은 히죽 웃었다.

“그거 업무상 비밀 누설 아니야!”

“전 검찰이 아니라서요.”

“아!”

박강우는 노형진이 노리는 바가 뭔지 알아차렸다.

자신은 검찰로서 이번 사건을 섣불리 바깥으로 말할 수 있는 처지가 아니다.

하지만 노형진은 검찰도, 공무원도 아니다. 사건을 의뢰받은 당사자로서 기자회견을 할 수도 있고, 또 사람들에게 자신의 의견을 말할 수 있다.

“과연 기자들이 뭐라고 할지 궁금하군요.”

경찰조차 뇌물을 받았다가 도망간 상황에서, 어떻게 해서든 복지부동을 하면서 지원을 거부하는 그의 모습이 사람들에게 어떻게 느껴질지는 뻔한 일.

아 다르고 어 다른 게 일이다.

그는 복지부동이지만 노형진이 봤을 때 뇌물을 받고 장기 밀매 조직을 비호해 준다는 쪽으로 기자회견을 하면 그뿐만 아니라 해경이라는 조직도 뒤집어질 수밖에 없다.

아니라고 하기에는 충분히 의심스러운 상황이니 그런 기

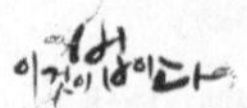

자회견을 한다고 해도 노형진을 처벌할 수는 없는 노릇이고.

설사 무죄로 선고가 난다고 해도 과도한 복지부동은 업무상 배임으로 징계를 받을 수밖에 없는 일이니 사회적으로 매장되는 것은 순식간이다.

'불이익이 두려워서 움직이지 않는 사람에게 가장 확실한 것은 더 큰 불이익이지.'

그들은 상을 바라지 않는다. 지금 자리만 해도 충분히 자기 욕심을 채울 수 있기 때문이다.

하지만 더 큰 불이익으로 인해 그 자리를 지킬 수 없게 되리라고 판단되면 그들은 움직인다.

"진정하게. 자, 자! 일단 이야기를 해 봐야지."

"이야기야 뭐, 기자들과 하세요."

노형진이 문으로 나가자 잽싸게 매달리는 해경 관리자.

"내가 삼봉급은 무리고, 태평양급이 마침 대기 중인 게 있으니……."

협박을 받고서야 일을 하는 그 모습을 보면서 박강우는 씁쓸한 미소를 지을 수밖에 없었다.

⚖

"움직인다."

노형진은 태평양급 선박 위에서 레이더상에 나타나는 배

를 보면서 침을 꿀꺽 삼켰다.

"대양에서 가만히 있을 수는 없으니까요."

배는 바다에 닻을 던져서 그 자리에 정지해 있다. 하지만 그건 어느 정도 깊이까지만 가능하다.

이런 공해상은 바다가 깊어서 닻을 던질 수가 없다. 당연히 그냥 정선 상태이고, 물결에 흔들리기 때문에 위치가 바뀐다.

그러니 당연히 선박을 주기적으로 움직여 줘야 한다.

'그리고 위치를 잡을 때는 GPS를 기준으로 잡지.'

지금 물속에서는 잠수함이 가짜 신호를 보내고 있다. 저 배가 그걸 기준으로 위치를 잡으면 한국의 영해로 들어오게 될 테니, 그 순간이 기회다.

선박은 공해상에서는 각국의 영토로 인정받지만 타국의 영해로 들어가면 인정받지 못한다.

즉, 그때는 한국의 영장으로도 충분히 그 배에 상륙할 수 있다는 소리다.

"속력을 높이는군요."

"생각보다 더 많이 떠내려왔다고 생각했겠지요."

갑자기 먼 거리로 위치가 바뀌었으니 그렇게 생각할 수도 있다.

'그나마 다행인가?'

누군가 계속 좌표를 보고 있었다면 이상하다고 생각했을

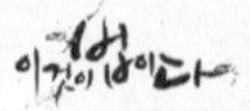

것이다. 갑자기 위치가 바뀌었으니까.

다행히 그걸 보는 사람이 없어서 무심하게 넘어간 것이다.

"기다립시다."

상업선보다 경찰선의 레이더가 강력한 것은 당연한 일.

그러니 저들은 누가 자신들을 보고 있다고 생각 못 하겠지만 자신들이 접근해서 그들의 레이더망에 걸리면 바로 배를 돌려서 도주할 것이 뻔하다.

그러니 도주 거리보다 더 많이 들어와야 하는 것은 당연한 일.

'하지만…….'

여전히 문제가 없는 건 아니다.

저 정도 배가 떠내려가는 것은 한계가 있다. 당연히 너무 멀리 움직이면 누군가 이상하다고 생각하기 마련이다.

그러니 그게 늦을수록 자신들이 잡을 수 있는 가능성은 높아진다.

"영해에 들어왔습니다."

드디어 영해로 들어온 선박. 아직까지는 별 의심 없이 움직이고 있었다.

'조금만 더…….'

그런데 선박이 어느 순간 갑자기 멈췄다. 그리고 잠시 움직이지 않았다.

"반대로 움직이는데요?"

"걸렸나?"

갑자기 조금 반대로 움직이는 선박.

어떻게 알았는지 모르지만 위치가 틀렸다는 사실을 알아차린 것이다.

"빨리 가요!"

"전속 항진!"

배는 점점 가속하기 시작했고, 그럴수록 엄청나게 출렁거렸다.

"반대로 가고 있습니다. 항속을 올리고 있습니다."

"아직 레이더에 안 걸렸을 텐데?"

거리상으로 봐서는 레이더에 걸릴 거리가 아니다.

"뭔가 알아차렸나 보군요."

딱 봐도 무서운 속력으로 반대쪽으로 가는 선박.

하지만 민간선, 그것도 무거운 화물선이 낼 수 있는 속력은 한계가 있었기에 결국 노형진이 탄 경비함에 꼬리를 잡힐 수밖에 없었다.

"정선하라!"

경비함은 바로 옆으로 붙으면서 경고를 했지만 배는 멈출 생각을 하지 않았다.

"경고사격!"

함장의 명령에 바로 발사되는 경고사격.

투타타타.

몇 발의 탄환이 선박 위를 스치고 지나가자 겁을 먹은 듯

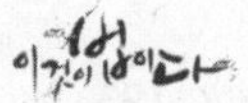

선박은 속력을 줄이기 시작했다.

"탑승 준비."

바로 올라갈 준비를 하는 사람들.

그러나 상대방은 승선시키기 위해 속력을 줄인 게 아니었다.

"로켓이다!"

누군가의 외침.

기다리고 있던 특공대는 주저하지 않고 사격을 가했다.

펑!

요란한 소리와 함께 발사되는 RPG.

하지만 아슬아슬하게 특공대의 총격이 사수의 가슴을 맞혔고, 로켓은 허무하게 하늘로 날아가 버렸다.

"사격!"

하지만 저항은 그게 끝이 아니었다.

아래에서 나온 것으로 보이는 인원이 총으로 저항하기 시작했다.

타타탕.

"우왓!"

함께 올라갈 생각에 갑판으로 나와 있던 노형진은 황급하게 머리를 숙이자 그 위로 총알이 스치고 지나갔다.

"뭐야?"

"대응사격해!"

선박을 사이에 두고 총격이 오가기 시작했다.

특공대장은 사격을 하면서도 기가 막혔다.

“저 새끼들 뭡니까?”

가끔 격렬하게 저항하는 놈들이 있기는 하지만 로켓과 총까지 동원하는 놈들은 처음이었던 것이다.

“그만큼 다급한 거죠.”

뭔가 감추고 싶은 게 있으니 어떻게 해서든 감추려고 하는 것이다.

“염병!”

누군가의 고함에 노형진은 공감을 하면서도 한편으로는 속으로 안도했다. 사실 처음에는 헬기를 이용해서 강습하자는 계획도 있었기 때문이다.

‘그랬다면…….’

총에 대전차 로켓까지 있다면 지대공미사일이 없으리란 법도 없다.

설사 없다고 해도 이 정도 총기면 내려가다가 대부분 당했을 것이다.

혹시나 하는 마음에 헬기 작전을 배제한 것이 다행이었다. 지금 총알이 튀는 것만 빼면.

“올라가야 하는데.”

문제는 저쪽의 저항이 너무 격렬하다는 것.

결국 특공대장은 특단의 조치를 취하기로 했다.

“섬광탄 뿌려.”

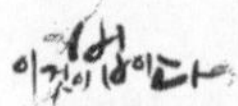

이러한 탁 트인 공간에선 효과가 적지만 최소한 무력화시킬 수 있다는 생각에 그는 섬광탄을 투척했고, 그건 정확하게 상대방의 머리 위에서 터졌다.

펑펑펑.

"으아악!"

"내 눈!"

그렇게 터진 섬광탄이 한두 개가 아닌지라 사격하던 자들은 바닥을 나뒹굴었다

"지금이다."

높이가 비슷했기 때문에 배를 가능하면 바짝 붙이고 그곳으로 기어올라 갔다.

"클리어!"

"클리어!"

바닥을 나뒹구는 인간들을 제압한 사람들은 안쪽으로 몰려들어 가기 시작했다.

경비함에서는 도주를 막기 위해 브리지 쪽으로 몇 발의 경고사격을 했기 때문에 도주도 꿈꾸지 못하는 상황이었다. 도주하기 시작하면 브리지는 벌집이 될 거니까.

그렇게 어느 정도 시간이 지나고 나자 무전을 받은 특공대원이 노형진 일행에게 다가왔다.

"이제 안전하다고 합니다."

"그래요?"

“그리고, 가서 보셔야 할 게 있습니다.”

그 말에 박강우는 침을 꿀꺽 삼키고는 고개를 끄덕였다.

“가시죠.”

노형진과 김성식은 그를 따라 배 위로 올라갔다.

“으으으…….”

“이 개새끼들.”

“입 닥쳐.”

수갑이 채워진 채로 이를 박박 가는 인간들.

노형진은 그들을 보고 확실히 다르다는 느낌을 받았다.

‘살기가 달라.’

한국에서 깽판을 치는 그런 놈들이 아니다. 최소한 사람을 죽여 본 전문가들이다.

‘역시 예상대로인가?’

한국에 온 녀석들은 어중이떠중이였다. 하지만 이 녀석들이 풍기는 기운은 절대 그런 기운이 아니다.

즉, 정예들이 여기 배치되었다는 것.

“이쪽입니다.”

특공대원의 안내를 받아서 들어간 그곳.

그곳에 들어간 노형진은 절로 얼굴이 찡그러졌다.

“냉동실…….”

안쪽에 있는 냉동실.

그 안에는 사람의 시신이 차곡차곡 쌓여 있었다. 일부는

그대로, 일부는 분해된 채로.

"미친놈들……."

그걸 본 김성식은 이를 악물었고 박강우는 부들부들 떨었다. 추워서가 아니라 분노에 차서였다.

"체계적으로 관리한 것 같습니다."

그런 박강우에게 건네지는 서류철. 거기에는 이름과 혈액형 등 몇 가지 특이 사항이 적혀 있었다.

"으음……."

"왜 그러나?"

"미상이 많군요."

"미상?"

"네."

아무런 특징도 없이 미상이라고 적혀 있는 페이지들.

확실히 중국식의 이름이 적혀 있는 것과는 다른 페이지였다.

"아마도 누군지 알 수가 없었겠죠. 알 필요도 없었을 거고요."

"설마……."

"그럴 만한 사람이 누가 있겠습니까?"

노형진은 주변을 뒤지기 시작했다. 그리고 좀 떨어진 창고에서 봉지마다 가득한 옷을 발견했다.

옷들의 상태는 하나같이 좋지는 않았다.

"노숙자군요."

호줄근한 복장. 그리고 오래된 듯한 냄새들이 나는 옷들.

"노숙자가 실종된다고 수사하는 사람은 없으니까."

노숙자들은 한국에서 보호 반경 바깥에 있는 사람들이다. 그렇다 보니 실종된다고 해서 누군가 수사하지는 않는다.

애초에 노숙자들은 이미 실종 처리가 된 채로 방치되고 있는 사람들이 대부분인지라 문제가 될 가능성이 거의 없다.

'그러고 보면 미국인 노숙자들도 많이 희생되었지.'

보통 연쇄살인범들은 저마다 취향이 있다. 하지만 살인 자체를 즐기는 살인범들의 시작을 보면 대부분 노숙자들이었다.

"나쁜 놈들."

이를 빠드득 가는 박강우.

예상대로 한국인들에게 마수를 뻗은 것이다.

"어쩔 수 없지."

김성식은 씁쓸하게 말했다.

"그나마 다행인 건 추가적인 문제가 생기기 전에 해결했다는 거 아닌가?"

하지만 여전히 얼어붙어 있는 사람들의 시신을 보면서, 다행이라는 말이 과연 맞는 말인지 노형진은 혼란스러워할 수밖에 없었다.

⚖

"뭐라고!"

천성계는 분노에 몸을 부들부들 떨었다.

"한국 놈들에게 선박이 나포되었습니다."

"그럼 작업자들은? 증거는!"

"모조리 다 넘어갔습니다."

"큭, 이런 빌어먹을!"

천성계는 주먹을 꽉 쥐고 탁자를 부서져라 내려쳤다.

"이 개자식들!"

이번 프로젝트는 그에게는 큰 건이었다. 한 해에 못해도 수천억의 수익을 안겨 줄 수 있는.

"도대체 왜? 한국의 그 무능한 경찰이 이걸 어떻게 알아차린 거야!"

자신이 아는 한국 경찰이라면 이 사건을 알 수가 없다. 그래서 이렇게 복잡한 작전을 짠 것이다.

그런데 다른 것도 아니고 공해상에 있는 배를 알아내서 급습한다? 그것도 자기 영역으로 끌어들여서?

"그게……."

부하는 잔뜩 긴장한 얼굴을 했다.

"뭐야! 왜 말을 안 해!"

"새론이 끼었습니다."

그 말에 천성계는 우뚝 멈췄다.

"뭐라고?"

"내부 정보원에 따르면 새론에서 실종자를 추적하는 와중에 우리가 엮여 들어갔다고…….”

“어떤 멍청한 새끼가 관련 증거를 흘린 거야!”

분명히 관련 증거는 없었다.

경찰의 수사 방식을 알고 그에 대응하고 있었기 때문에 경찰이 자신들에 대해 알 가능성은 없었다.

“그게…… 작업한 녀석 중에서 특이체질이 있었나 봅니다.”

“특이체질?”

“네. 그 녀석을 추적하다가 걸렸나 봅니다.”

“큭.”

모든 녀석을 다 자신이 확인할 수는 없다.

더군다나 특이체질이라고 하면 엄청나게 고가다. 그런 녀석을 부하들이 놔둘 리 없었다.

“보스, 어떻게 할까요?”

“흔적은?”

“깔끔합니다. 보스와 관련된 증거는 없습니다.”

천성계가 저지른 일이지만 그는 전면에 나서지 않는다. 그와 관련된 걸 알거나 증거를 가진 인간은 이미 이 세상 사람이 아닐 것이다.

‘큭…….’

그럼에도 불구하고 천성계는 등골이 오싹해졌다.

그는 중국 조직들의 지원을 받아서 한국 진출을 대행해 주는 사람이다. 그리고 이번 사업은 엄청나게 큰 건이고, 중국의 조직 스무 군데 이상에서 지원을 받아서 시작한 것이다.

'그 피해가…….'

물론 피해 자체는 크지 않다.

어차피 죽은 조직원들은 해체용으로 임시로 모집한 녀석들이다. 다만 잃어버린 선박과 그곳에 있던 정규 조직원들이 문제인데, 그 정도는 그동안 장기를 판 돈으로 배상해 줄 수 있다.

'하지만…….'

문제는 벌써 몇 번째 실패라는 것이다. 그것도 새론이라는 집단에 의한.

그리고 자꾸 실패하는 자신에게 조직이 지원을 계속할 이유는 없었다.

'무슨 수를 써야겠어.'

그는 이가 부서질 정도로 갈기 시작했다.

⚖

"이백쉰 명요?"

"추정입니다, 그나마도."

선박의 냉동실에서 발견된 시신의 유전자 검사 결과, 각 장기는 최소 이백쉰 명의 사람에게서 나온 것이었다.

"팔리지 않은 장기에 대한 검사 결과니까, 다 팔린 사람이 있다면 그 수치는 더 늘어나겠지요."

"으음……."

박강우의 말에 김성식은 침을 삼켰다.

"벌써 두 번째인가요?"

"네."

"정부에서는 공식적으로 뭐라고 합니까?"

"공식적으로 한국에 장기 밀매 조직은 없다는 의견입니다."

"지랄하고 있네."

그 말을 들은 손채림은 그녀답지 않게 욕을 했다.

그럴 수밖에 없는 게, 저들의 그 말이 얼마나 의미가 없는지 알고 있기 때문이었다.

"장기 밀매 조직은 없다?"

"네. 그들은 중국 조직이지 한국 조직은 아니니까요."

"그래서 차이가 뭔데요?"

중국 조직과 한국 조직의 차이는 없다. 어차피 그들에게 납치당한 사람들은 죽음을 피할 수 없다.

조직원의 국적이 중요한 게 아니라 피해자가 중요한 것이다.

"하지만 정치적 부담이 두려운 것이겠지요."

조직의 존재를 인정하고도 박멸하지 못하면 엄청나게 욕먹는다. 그러니 아예 존재 자체를 부정하는 것이다.

"공식적으로 중국 조직은 박멸되었다는 것이 정부의 판단입니다."

"지금 인천 꼬라지를 보고도 그 말이 나옵니까?"

인천에 있던 중국 조직원들은 항쟁을 계속하고 있다. 이 일을 상대방 조직에 뒤집어씌우면서 말이다.

그 때문에 하루에도 몇 번씩 비명과 시체가 튀어나온다.

"하아, 그러게나 말입니다. 이 정도면 말이 항쟁이지 전쟁 수준인데."

박강우는 한숨을 쉬면서 말했다.

그들은 분노 때문에 머리가 돌아 버려서 상대방 조직원을 무참하게 살해한다. 더군다나 시체도 못 팔게 하겠다면서 난도질하거나 불태워 버리는 일이 흔하게 벌어지는 상황.

"그나마 다행인 건 중국에서 오던 지원이 끊어졌다는 겁니다."

"그래?"

"네, 선배님. 아무래도 발각되었으니 부담스럽게 그들을 보낼 것 같지는 않습니다. 이탈자도 많구요."

물론 싸우는 사람만 있는 게 아니다.

죽거나 다치면 장기가 팔린다는 공포에 슬쩍 도망치는 조직원들도 적지 않다.

"그들의 불법체류도 문제가 되겠군요."

"그렇지요."

관광도 아니고 폭력 조직으로 모집되어서 온 인간들이다.

그들이 도망가서 경찰의 감시망을 벗어난다는 것은 일의 해결이 아니다. 또 다른 일이 생긴다는 것뿐이다.

"여러모로 곤란한 상황입니다."

박강우는 곤혹스러운 듯 말했다.

폭력 조직에서 이탈한 녀석들이 멀쩡하게 일해서 돈 벌 거라고 보기 힘들기 때문이다.

"이번 싸움은…… 승리라고 보기도 힘들군요.."

노형진은 갑갑하다는 듯 중얼거리면서 창밖을 바라보았다. 언제부터인지 눈이 내리고 있었다.

감정 노예

유민택은 단순히 서류에 도장만 찍는 사람이 아니다.

회장의 자리에 있고 또 대룡을 일으켜 세운 사람이다. 그리고 스스로 일선에서 뛰던 사람인 만큼 회장이 되었다고 그냥 골프나 치러 다니는 타입도 아니다.

"회장님, 어떻게 여기까지……."

"내가 현장을 봐야지."

고객관리 팀의 서성협 부장은 회장의 등장에 진땀을 흘렸다. 난데없이 회장이 등장하는 것은 그로서는 곤혹스러운 일이기 때문이다.

"왜, 내가 가면 안 되는 일이라도 있나?"

"아니요. 그건 아닙니다."

서성협이 이렇게 말하는 데에는 이유가 있다. 그가 불시 순시를 하는 것은 단순히 사기 진작이 목적이 아니기 때문이다.

그리고 그들의 속셈을 모를 유민택이 아니었다.

'내가 나이 먹었다고 바보인 줄 아나. 이것들이 말이야.'

회장이 뜬다고 하면 기업은 난리가 난다.

일단 청소를 하고, 강제로 일을 시키고, 회장님이 오시는 시간에 직원들을 나열시켜서 인사를 시킨다.

당연히 청소하고 준비시키는 시간은 업무 시간이다. 그런 대접을 받은 회장은 기분이 좋을지 모르지만 정작 기업에는 피해가 가는 것이다.

그리고 가장 큰 문제는 그것이 아니었다.

'과연 네가 무슨 잘못을 했을까?'

유민택도 옛날에는 이렇게까지 하지 않았다.

하지만 노형진과 일하면서, 노형진이 아래에서 제보를 해도 결국 중간에서 다 자를 수 있다는 사실을 알려 주었다.

처음에는 설마 했지만 이렇게 기습적으로 방문한 곳에서 진실이 나왔다.

처음에는 주저하던 사람들이었지만, 한 명이 그만둘 생각까지 하고 사직서까지 들고 와서 제보한 것이다.

그 상황에 감사 팀이 놀라는 게 아니라 당황하는 것을 보면서 유민택은 노형진의 말이 사실이라는 것을 알아차렸다.

즉, 유민택의 기습적 방문은 회사 내 비리에 대한 직접적

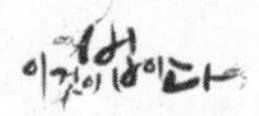

인 발언의 기회가 되는 것이다.

아래에서 다 자르는 보고서나 회장은 보지도 않는 인터넷이 아닌, 얼굴을 마주하고 하는 신고.

그렇다 보니 관리자들은 움찔움찔할 수밖에 없었다.

"그래도 지저분한데……."

"공장도 다니는데 여기라고 못 다닐 까닭이 있나?"

유민택은 당황하는 서성협을 보면서 그가 뭔가 감추고 싶어 한다는 것을 알아차렸다.

"들어가지."

"네, 회장님. 아, 잠시만……. 그러면 직원들 도열이라도……."

"업무 시간 아닌가? 그러면 그 업무 시간이 비는 것에 대해서는 자네가 대신 월급을 내줄 건가?"

"……."

그럴 리 없다.

그가 직원을 모으려고 하는 이유는 간단하다. 입을 막기 위해서다.

그런데 그걸 한두 번 본 게 아니라서 유민택이 기습적으로 다니기 시작한 것이다.

"올라가세."

"네."

서성협 부장은 눈치를 보면서 유민택과 함께 사무실 안으로 들어갔고, 유민택은 여러 부서를 돌아다니면서 근무 확인을 했다.

"근무 상태가 나쁘지는 않군."

"하하, 다 회장님 덕분입니다."

유민택은 돌아다니면서 사람들과 이야기하고 그들의 의견을 들었다.

그런데 이상한 것은 제보 사항이 없다는 것이었다.

'눈치는 안 볼 텐데?'

유민택은 내부 고발자에 대한 보호를 약속한 게 아니라 승진을 약속했다.

최초 고발자는 대리에서 과장급으로 승진했고, 그 후의 고발자들도 대부분 승진했다. 승진하지 않은 케이스는 질려 버렸다면서 스스로 이곳을 떠난 사람들뿐.

그건 사람들에게 익히 알려진 사실이기 때문에 내부 고발할 사항이 있으면 제보자가 있어야 정상이다.

"이제 다 돌아보셨습니다."

"잘 굴러가는 것 같군."

"회장님의 은혜로움 덕분이지요, 헤헤헤."

자신에게 아부하는 서성협을 보면서 유민택은 그저 웃고 말았다.

'뭐, 무능하기는 하지만.'

그는 그다지 유능한 사람은 아니다. 지난번에 있었던 내부 청소 때 살아남아서 승진한 사람이기는 하지만 그다지 능력

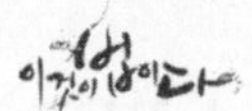

이 있다고 볼 수는 없다.

하지만 그래도 기본은 하는 사람이기 때문에 그다지 큰 문제가 없는 곳은 관리할 수 있었고, 그래서 인원 관리를 하는 고객관리 팀을 맡긴 것이다.

"이제 돌아가지."

"네."

그다지 문제가 없다면 자신이 여기에 있을 이유는 없기 때문에 유민택은 돌아가려고 몸을 돌렸다.

그런데 그런 그를 부르는 사람이 있었다.

"회장님!"

"응? 누군가?"

몸을 돌려 보니 몇몇 여자들이 나서서 자신에게 다가오려고 하고 있었고, 몇몇 남자들이 그들을 막고 있었다.

'누구지?'

그런데 그들은 처음 보는 여자들이었다.

물론 유민택이 모든 사람을 다 기억할 수야 없지만 그래도 방금 전 대화를 하고 나온 사무실이다. 한두 명도 아니고 여럿 중에서 단 한 명도 모른다는 건 말도 안 된다.

"무슨 일인가?"

"아, 아닙니다."

아까와는 다르게 눈에 띄게 당황하는 서성협.

유민택은 어쩌면 서성협이 뭔가 감춘 게 있을 거라는 생각에 다시 몸을 돌렸다.

"이게 어떻게 된 건가?"

"그냥 보안 문제 때문에 그럽니다."

"보안 문제가 아닌 것 같은데? 지금 왜 여직원들을 막는 건지 설명 좀 해 보게."

"그냥 애들이 정상이 아닌지라…….."

"정상이 아닌 사람이 사회생활을 할 리 없지. 당장 풀어 주게."

"별일 아닙니다, 회장님."

서성협은 어떻게 해서든 무마하려고 했지만 이미 유민택의 눈에 들어온 그들의 모습은 그를 분노하게 만들었다.

유민택은 자신을 따라다니는 비서들을 지나쳐 그 여직원들을 막고 있는 남자 직원들에게 다가갔다.

"자네들 뭔가?"

"헉! 회장님!"

남자들은 당황해서 유민택을 바라보았다. 회장이 직접 접근할 거라고는 생각하지 못했기 때문이다.

"지금 뭐 하는 거냐고 물었네."

"아닙니다. 그게, 이 여자들이 근무지 이탈을…….."

"여기가 북한인 줄 아나? 근무지 이탈에 이유가 있다면 상황부터 알아야지 무슨 아오지 탄광에라도 끌고 가는 것처럼 밀어낸다는 게 말이 돼!"

“…….”

“자네들, 누가 이거 시켰나?”

“…….”

눈치를 보는 직원들의 모습에 유민택은 기가 막혔다.

다른 사람도 아니고 회장이다. 그런데 회장의 질문에 대답
을 안 하다니.

‘내가 사람을 잘못 봤군.’

이들이 눈치 보는 사람은 분명히 서성협일 것이다. 그래도
사람 관리는 잘한다고 생각해서 배치했는데 누가 봐도 자신
의 실수였다.

사람은 누구나 실수를 한다. 하지만 그 사람이 어떤 사람
인지는, 그 실수를 인정하고 고치느냐 아니면 자신은 잘못한
것이 없다고 우기느냐에서 판가름이 된다.

“걱정 말게. 자네들은 이제 서성협의 눈치를 안 봐도 되네.”

“네?”

그러자 반문하는 남자들.

하지만 유민택은 그에 대답하지 않았다. 그저 자신의 비서
를 바라보면서 명령을 내릴 뿐.

“최 비서.”

“네, 회장님.”

“이 직원들에 대한 해직 절차를 밟게. 정식으로 징계 절차
에 들어가고, 드러난 비리 사실에 대해서는 형사 및 민사까

지 다 들어가도록.”

“허억!”

남자 직원들의 얼굴이 사색이 되었다.

서성협의 눈치를 안 봐도 된다. 그건 틀린 말이 아니었다.

잘리는 순간 회사 직원이 아니니 상관인, 아니 상관이었던 서성협과 만날 일도 없어지니까.

“우리 회사의 규칙을 모르지는 않을 텐데?”

대룡에서는 좋은 게 좋은 거라는 게 없다.

물론 개인적인 실수에 대해서는 용납이 가능하지만 비위 사실이나 범죄행위에 대해서는 형사뿐만 아니라 민사까지 걸어 버린다.

그 덕분에 내부가 깨끗해진 것이고, 그것이 이 대룡의 성장 동력이었다.

“회장님, 그게 아니라…….”

“아니라면? 내가 봐서는 자네들이 이 여자들이 나한테 할 말을 못 하게 하기 위해 이러는 것 같은데, 그거 범죄의 은닉 행위야. 그런 범죄자를 은닉하는 직원은 필요 없네.”

그 말에 남자들은 정신이 아득해졌다.

대룡에 들어왔다고 온 동네 자랑하고 온 집안에 자랑했다. 그런데 범죄로 잘렸다고 하면 자신의 인생은 끝이다.

세상에 어떤 기업이 범죄를 저질러서 기업에 피해를 준 직원을 고용하려고 하겠는가?

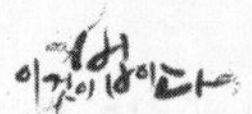

그가 무슨 엄청난 실력을 가지고 있거나 백이 있다면 모를
까, 그냥 말단 직원인 자신들은 파멸이다.

"회장님, 아닙니다. 진짜 아닙니다. 저희가 그럴 생각으로
그런 게 아닙니다. 서성협 부장이 시킨 겁니다."

이제는 막는 게 아니라 나서서 범죄 사실을 공개하는 남자
직원들.

유민택의 분노에 찬 시선은 서성협에게 향했다.

⚖

"콜 센터?"

"네."

결국 서성협은 그 자리에서 바로 근신에 들어갔다.

정식으로 조사가 진행되고 비위 사실이 드러나면 그에 맞
는 처벌을 받을 것이다. 여직원들을 막던 직원들은 그 죄를
물어서, 해직은 면했지만 감봉 3개월에 처해졌다.

중요한 것은 그들의 처벌이 아니라 여직원들의 소속이었다.

"그러고 보니 콜 센터는 내가 가 본 적이 없는 것 같군."

"외주로 일하고 있어서요. 죄송합니다. 저희는 엄밀하게
말하면 대룡 소속이 아니라서……."

"그런가?"

어쩐지 각 부서를 다 돌아다녔는데 못 봤다 싶었다는 생각

에 유민택은 고개를 끄덕거렸다.

"그런데 용케 여기까지 왔군."

"일 문제 때문에 우연히 왔습니다. 그런데 회장님이 오셨다고 해서……. 죄송합니다. 저희가……."

"아닐세. 할 말이 있으면 해야지."

유민택은 그들을 다독거렸다.

생각해 보면 외주를 받는 기업 입장에서는 말 한마디 한마디가 조심스러울 수밖에 없다. 그런데 그런 상황임에도 불구하고 자신을 보고 이야기를 하려고 했다는 것은 중요한 일이 있다는 것이다.

"그래서, 하고 싶은 이야기가 뭔가?"

"사실은, 저희 회사 직원들의 고통이 심합니다."

"고통이 심하다고?"

"네."

"무슨 일인데 그러나?"

"어떻게 보면 대룡의 일이 아닐 수도 있습니다만……."

"아닐세. 우리 일을 하는 사람이라면 나도 알아야지. 말해 보게."

"사실은……."

여직원들이 말을 하기 시작했고, 유민택의 얼굴은 점점 어두워졌다.

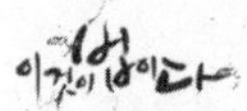

"이런 걸 알고 있었나?"

"알고 있었지요."

노형진은 유민택의 말을 들으면서 커피 잔을 내려놓았다.

"아마 회장님만 빼고 대부분은 알고 있을걸요."

"그런데 왜 나한테 안 온 거지?"

"외주니까요."

"음……."

유민택은 자신을 찾아온 여자들에게서 그들이 처한 상황을 들었다. 그리고 그 건에 대해 노형진의 의견을 묻기 위해 부른 것이다.

"솔직히 몰랐네. 외주는 신경을 별로 안 썼으니."

"인간이라는 존재가 그런 겁니다. 그동안 해 처먹던 게 걸려서 못 해 처먹을 것 같으면 다른 방식을 개발하죠. 그리고 외주 업체는 보통 대룡 소속이 아니니까 좋은 대상이기도 하구요."

"그런가?"

"네. 더군다나 그 콜 센터 직원들이 겪는 고통은 한두 해에 걸친 문제가 아닙니다."

"후우, 그런 것 같더군."

콜 센터는 업무와 관련된 민원을 받아서 해결하는 곳이다.

좋게 말하면 기업의 안내 센터 같은 곳이다.

그런데 문제는 이곳이 워낙 규칙상 고객에게 조심해야 하는 곳이다 보니 여러모로 고통이 따른다는 것.

"이런 직업을 감정 노동이라고 합니다."

"감정 노동?"

"네, 신체적으로 일하는 게 아니라 사람을 상대하면서 감정적인 고통을 많이 받거든요."

"음."

"그런데 문제는 세상은 넓고 병신은 많다는 겁니다. 상대방이 절대적으로 친절해야 한다는 사실만 믿고, 자신이 절대적 갑이라고 생각하는 거죠."

"절대적 갑이라니."

유민택은 피식 웃었다.

세상에 절대적 갑이란 존재는 없다. 자신도 일반적인 사람들에게는 갑이기는 하지만, 상대방이 정치인이라면 갑질은 꿈도 못 꾼다.

"원래 무식한 놈들이 더 갑질하는 법입니다."

"하긴, 그래서 가정교육이 중요한 법이지."

사람을 대하는 법을 배우는 곳은 학교가 아니라 집안이다.

약한 사람들에게 갑질하는 인간들은 머리는 좋아서 좋은 학교를 나올 수 있을지언정 집안 자체는 쓰레기통인 셈이다.

"그래도 일이 이 지경일 줄은 몰랐네."

그 여직원들에게서 들은 말을 떠올리자니 유민택은 다시금 기가 막혔다.

걸자마자 욕을 하는 인간부터 시작해서 트집 잡아서 돈 내놓으라는 놈, 그리고 성희롱까지 하는 등 미친놈들이 엄청나게 많다는 것.

그 스트레스로 인해 직원들은 우울증이 오고 탈모까지 온다. 심지어 산모가 스트레스성 유산을 하기까지 했다고 한다.

"사람을 사람으로 보지 않고 숫자로 봤을 테니까요."

"으음."

조사를 하면서 드러난 수많은 사실들.

경기가 안 좋아지면서 사람을 구하기는 쉬워졌고 그만큼 사람의 가치는 떨어졌다. 그리고 그들을 고용하는 사람들은 그걸 알고는 상대를 무시하기 시작했다.

"보고서에 올라오는 것은 오로지 실적뿐이지요. 그 과정에서 사람이 얼마나 감정이 상하고 상처를 받는지는 신경 쓰지 않습니다. 그래서 그만둔다고 해도 다시 뽑으면 된다고 생각하니까요."

회장쯤 되는 사람이 콜 센터를 신경 쓸 일은 없다. 자신이 전화하는 것도 아니고, 콜 센터는 기본적으로 외주이니까.

"그런데 자네는 잘 아는군?"

"하하하, 저야 물건 고쳐 가면서 쓰는 서민 아닙니까?"

"서민? 자네가? 하하하."

노형진의 농담에 웃고 마는 유민택이었다.

물론 노형진이 이것에 대해 잘 아는 것은 단순히 그런 곳과 대화해서가 아니다. 지금이야 조용하지만 몇 년 후에 이런 일이 크게 다루어지기 때문이다.

물론 그때 이후에도 바뀐 것이 없다는 것이 문제지만.

"그래서 어떻게 하면 좋겠나?"

"내부에 법무 팀이 있을 텐데요?"

"솔직히 이번 사건에는 그 녀석들도 못 믿겠어."

조사 결과 그들이 대룡에 이번 사태를 해결하기 위해 도움을 요청한 것은 사실이었다.

그런데 그 도움 요청에, 법무 팀은 타 기업의 일이므로 나서지 말라고 권고했던 것이다.

"그들로서는 맞는 말이기는 하지만 말이야, 내가 추구하는 것과는 좀 다르지."

"맞습니다. 법무 팀이 사회를 잘 모르네요. 콜 센터가 어떤 곳인지 이해도 못 하니."

그들과 상담을 하는 고객은 콜 센터가 외주인지 정직원인지 알지 못한다. 그러니 그들이 실수하면 곧바로 대룡이 욕먹게 된다.

단돈 얼마 아끼려고 하다가 도리어 이미지가 더 나빠지는 것이다.

"일단은 외주화를 취소하는 게 중요하겠지요."

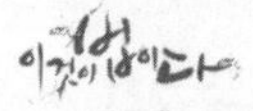

"그건 무리야."

아무리 회장이라고 하지만 자기 마음에 안 든다고 외주를 무조건 잘라 버릴 수는 없다.

장기적으로 외주를 줄이는 목적으로 한다면 모를까, 지금 외주를 잘라 버리면 도리어 문제가 생기자 발 뺀다는 소리 듣기 쉬운 상황이 된다.

더군다나 자신들이 외주를 자르면 그 직원들은 해직당할 텐데, 그건 도움을 요청하는 사람들을 나락으로 밀어 버리는 행위다.

"흠……."

노형진은 잠깐 고민하다가 고개를 들었다.

"그렇다면…… 일단은 갑질을 좀 하지요."

"갑질?"

"네, 후후후. 어찌 되었건 유 회장님은 갑 아닙니까?"

노형진은 유민택에게 씨익 미소를 보였다.

⚖

"회사의 규칙을 따르라고요?"

"그렇소이다."

"하지만……."

곽민수 사장은 곤혹스러운 얼굴이 되었다.

그럴 수밖에 없는 게, 상대방은 다름 아닌 대룡의 회장이다.

이사급이나 부장급만 와도 토 달기 힘든데 무려 대룡의 회장이 직접 왔다. 그렇다면 토를 달기는 불가능하다.

물론 그의 기분을 모를 노형진이 아니었기 때문에 그를 다독거리는 것은 그의 책임이었다.

"저희 대룡에서는 귀사에서 벌어지고 있는 사태에 대해 심각하게 생각하고 있습니다."

"네? 아……."

그제야 그는 몇 명의 직원이 얼마 전 대룡에 가서 난리를 친 것이 생각났다.

일반적인 대기업 입장에서는 하청을 받아서 일하는 주제에 거기까지 가서 그렇게 회장에게 항의한 회사를 좋아할 리없다.

"바로 해직시키겠습니다."

"네? 아닙니다, 아니에요. 뭔가 착각하셨군요. 저희가 우려하는 것은 여러분이 저희 쪽에 고발한 것 때문이 아니라, 저희 쪽에서 그런 사정을 모르고 있었다는 것 때문입니다."

"네?"

"그 여직원들의 이야기는 충분히 들었습니다. 업무 부담으로 인해 스트레스를 많이 받는다고 하더군요."

"그게……."

눈앞에 있는 유민택의 눈치를 힐끗 보는 곽민수 사장.

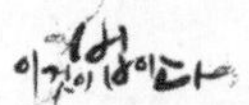

그의 시선을 알아챈 건지, 유민택은 미소로 그를 진정시켰다.

"자네들에게 불이익을 주려고 하는 게 아닐세. 다만 왜 이런 일이 벌어졌는지 알고 싶은 것뿐이야."

"사실은 인원이 많이 부족합니다."

"많이 부족하다고요?"

"네. 저희가 대룡과 일을 한 지 오래되었습니다만, 요즘 들어서 인원이 부족한 것이 현실입니다."

"그래요?"

"네. 아시다시피 대룡이 요 근래 무척이나 성장했습니다. 대룡의 상품을 쓰는 사람도 많아졌지요. 그런데 저희에게 배당되는 금액은 10년 전이나 지금이나 똑같습니다."

"음⋯⋯."

곽민수 사장의 회사는 대룡을 대신해서 콜 센터를 운영함으로써 운영된다.

문제는, 기업이 커지면 그만큼 전화하는 사람도 많아진다는 것. 그런데 대룡이 그에 맞춰 돈을 올려 주지 않아 문제가 생긴 것이다.

"저희는 몇 년 전부터 늘려 달라고 계속 이야기해 왔습니다만 매번 거절당했습니다. 더군다나 임금은 계속 늘어날 수밖에 없습니다. 그런데 지급되는 돈은 그대로이니 직원의 숫자를 유지하기는커녕 점점 더 줄어듭니다."

"음⋯⋯."

"회장님, 외람된 말씀이지만, 혹시 콜 센터에 전화해 보신 적 있습니까?"

"콜 센터에?"

"네."

"해 볼 리 없지."

자신이 명색이 회장이다. 비서에게 맡기면 물건을 고쳐 오는 게 아니라 아예 새 제품으로 가지고 온다. 할 이유가 없다.

"한번 제가 시연을 해도 될까요?"

"시연 말인가?"

"네."

곽민수 사장의 말에 유민택은 고개를 끄덕거렸다.

곽민수는 곧 핸드폰을 꺼내서 콜 센터를 연결했다.

ㅡ가전제품은 1번, 식품은 2번…….

자동 연결음이 들리고 곽민수 사장은 1번을 눌렀다. 그러자 나오는 목소리.

ㅡ대기자가 많아 시간이 걸릴 수 있사오니…….

"전화가 많이 오는가 보군."

"네. 중요한 건 그게 아닙니다."

전화가 많은 게 문제가 아니라 그다음 멘트가 문제였다.

ㅡ대기 시간은 한 시간 38분입니다.

"응?"

한 시간 38분이나 대기하라는 말에 노형진도 깜짝 놀랐다.

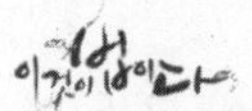

"지금 이게 평균 대기 시간입니다. 전화가 몰리는 상황에
서는 두 시간은 기본이고요."

"음……."

"그렇다 보니 고객분들의 불만이 이만저만이 아닙니다."

곽민수 사장은 애써 말을 돌려서 말했다.

사실 말이 불만이지, 폭언과 협박을 하는 경우도 많았다.

"그렇게 돌려 말할 필요 없습니다."

"네?"

"이건 몰랐지만, 어떻게 보면 당연한 일입니다. 직원들이
말한 건 그것뿐만이 아니니까요."

"그, 그게……."

그 말에 곽민수 사장은 당황한 듯했다.

유민택은 그런 그를 보면서 자리에서 일어났다.

"현장을 좀 볼 수 있겠나?"

질문이었지만, 일어나서 물어본 것이다. 안 보여 줄 수가
없는 일.

"네."

결국 곽민수는 노형진과 유민택을 데리고 사무실로 향했다.

그곳에서는 수많은 여자들이 전화를 받으면서 일을 하고
있었다.

"대부분 여자들이군."

"남자들은 욱하는 게 있어서……."

마치 미안하다는 듯 말하는 곽민수 사장.

하지만 이해가 간다는 듯 유민택은 고개를 끄덕거렸다.

자신을 찾아왔던 직원들은 전화를 해서 모욕하는 사람들 때문에 고통스러워했다. 그런데 남자라면 아마 길길이 날뛰면서 싸움이라도 걸었을 것이다.

최악의 경우 전산상에 있는 그의 주소지로 갈 수도 있고.

"숫자가 많아 보이는데 부족하다니 의외군요."

"아무래도 대룡이 급성장했으니까요."

갑자기 성장한 대룡. 그에 반해 그 서비스는 받쳐 주지 못하는 상황인 것이다.

노형진과 유민택은 직원들을 보면서 그곳을 지나갔다. 그런데 한 여직원이 주먹을 부들부들 떠는 것이 보였다.

'응?'

노형진은 그 모습을 보고 고개를 갸웃했다.

그녀에게 다가가 보니 화면에 블랙리스트라는 내용이 떠 있었다.

"무슨 일입니까?"

하지만 그녀는 대답하지 못하고 아무 일도 아니라고 고개를 흔들었다.

물론 그 표정은 아무 일이 아닌 게 아니어 보였지만.

"잠시 스피커로 돌릴 수 있을까요?"

"그건 좀……."

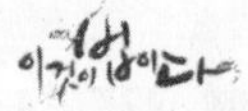

마이크를 막고 안 된다고 말하는 그녀.

하지만 사장이 등장하자 그 말이 쏙 들어갔다.

"스피커로 돌려 드리게."

"네, 사장님."

스피커로 돌리는 순간 울려 퍼지는 거친 욕설.

-야! 이 갈보 년아!

"갈보?"

귀에 처음 들린 게 욕설이다. 그리고 그 욕설을 들은 노형진과 유민택은 멍한 얼굴이 되었다.

"저거 지금 우리한테 한 말인가?"

자기 귀를 믿을 수 없는지 곽민수 사장을 보면서 되묻는 유민택.

"그게……."

곽민수 사장은 씁쓸한 미소를 지었고, 그사이에도 욕설은 계속 이어지고 있었다.

-이런 걸레 같은 년이, 내가 누구인지 알아! 당장 사장 불러! 당장 환불하란 말이야, 이년아!

"하지만 고객님, 해당 상품은 사신 지 3년이나 지나신 거라 환불이 어렵습니다."

그 상황에서도 어떻게든 진정시키려고 노력하는 여직원.

유민택은 기가 막혀서 말이 안 나왔다. 3년이 지난 상품을 환불해 달라니.

더군다나 그가 구입한 상품이 화면에 떠 있는데, 대룡에서 나온 모니터였다. 일반적인 모니터의 보증기간이 1년이니까 환불은커녕 무상 수리 대상도 아니다.

―이렇게 개같이 해서 기업 하겠어? 어? 이렇게 고객을 거지새끼 취급하는데 어떤 놈이 너희 물건 쓰겠느냐고, 이 개 같은 년아. 계집년은 취급 안 해! 당장 사장 부르라고, 이 갈보 년아!

터무니없는 요구를 하면서 지랄을 하는 남자.

유민택은 힐끗 통화 시간을 확인해 보았다. 48분.

그가 아무리 콜 센터 시스템을 모른다 해도, 이게 정상적인 대응 시간이 아니라는 것쯤은 알 수 있었다.

"고객님."

어쩔 줄 모르는 여직원.

보다 못한 유민택이 그 사이에 끼어들었다. 난데없이 헤드 세트를 끼고 그에게 말을 걸어 버린 것이다.

"나 대룡의 유민택 회장입니다."

―뭐라고?

"유민택 회장입니다. 지금 하시는 말씀이 너무한 것 같은데요."

좋게 말을 시작하는 유민택.

하지만 그에게 돌아온 말은 사과가 아니었다.

―지랄하고 자빠졌네.

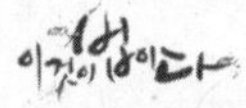

“지랄?”

―개소리하지 말고 꺼져, 이 노친네야. 나잇살 처먹고 이런 데서 일하는 게 자랑스럽냐? 응? 늙으면 뒈져야지, 여기서 회장 사칭하고 다니냐?

“사칭이 아니라 본인입니다만?”

유민택은 하도 어이가 없다 보니 화도 안 나는 모양이었다.

―지랄하지 말고 아까 그년 바꿔라.

“아까는 높은 사람 요구하지 않았습니까? 내가 대룡의 대표로 이 전화 받았습니다만?”

―지랄하지 말고, 뒈지고 싶냐? 응? 내가 직접 가서 아가리를 찢어 줄까? 닥치고 아까 그년 바꿔.

“아까는 계집이랑 이야기하기 싫다고 사장 바꾸라면서요? 사장보다 높은 회장이 직접 받았으니 말씀하시지요.”

―이 새끼가, 내가 말하는데 말꼬리를 잡아? 대룡 이 새끼들이 미쳤나?

그리고 이어지는 욕설.

기가 막힌 건지, 유민택은 한참을 듣다가 노형진을 바라보았다. 노형진은 그걸 보고 피식 웃었다.

“일단 이쪽이 누군지 공지를 했고 그걸 알고도 저렇게 했으니 모욕죄로 고발이 가능합니다. 아마 증거로 쓸 수 있는 녹취록도 있을 겁니다.”

그렇게 말하면서 돌아보자 곽민수는 고개를 끄덕거렸다.

"모든 통화 내역은 녹음됩니다."

"하아, 내 살다 살다 어이가 없구먼."

─뭐, 이 새끼야?

상대방은 여전히 이해 못 하고 게거품을 물고 있는 상황.

"나 회장 맞으니까 그렇게 아시고, 이번 건은 법무 팀을 통해 정식으로 고발할 테니 그렇게 알고 계시구려."

그리고 전화를 탁 끊어 버리는 유민택.

그 모습을 보고 여직원은 움찔했다.

사장이랑 같이 나와서 높은 사람일 거라 생각은 했지만 대룡의 회장일 거라고는 생각도 못 했기 때문이다.

하지만…….

따르릉.

다시 울리는 전화기의 벨 소리. 그리고 화면에 뜨는 블랙리스트라는 경고.

"이게 일반적인 건가?"

"일반적이지는 않지만 드문 일도 아닙니다."

"그런가?"

"네."

"흠."

그 여직원들이 자신에게 한 말에 대해 생각을 좀 해 보기는 했지만 그녀들이 했던 말은 현실에 비하면 새 발의 피라는 느낌이 들었다.

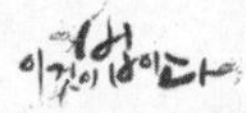

"상황은 이해가 가는군. 알겠네. 나중에 연락을 하지."

유민택은 심각한 얼굴로 노형진과 함께 그곳을 나왔다. 그리고 돌아오는 자동차 안에서 그에게 진지하게 물었다.

"왜 이렇게 된 거라 생각하나?"

"제가 아는 한도에서 말씀드리자면, 기업들이 너무 고객을 높여 주기 때문입니다."

"하지만 그건 기본적인 사업 마인드가 아닌가?"

"그게 문제지요."

"그게 문제라고?"

"'손놈'이라고 들어 보셨습니까?"

"손놈?"

"네."

기업은 고객을 호구로 취급하면서 어떻게 해서든 비싸게 팔아먹으려고 한다. 반대로 손놈은 자신이 고객임을 이용해서 끊임없이 거기에서 일하는 누군가를 괴롭힌다.

"이게 웃긴 게, 손놈이라는 존재한테 제일 만만한 게 바로 직원입니다. 클레임 하나면 바로 그의 직장이 위태위태해지니까요."

"음."

"그걸 알고 이용해서 상대방에게 무리한 요구를 하거나 곤란한 요구를 하기도 하지요. 제가 아는 사례 중에는 산 지 10년 된 구두를 환불해 달라고 한 사람도 있습니다."

"10년? 사실상 수명이 끝난 거 아닌가?"

“네. 그런데 반나절 동안 행패 부려서 결국은 환불해 갔지요.”

“헐.”

유민택은 기가 막혔다. 그런 인간이 있을 거라고는 생각하지 못했기 때문이다.

“이건 시스템적인 문제입니다.”

“시스템적인 문제?”

“네.”

기업은 문제가 생기면 위로 올라간다. 그런데 뭔가 칭찬하거나 축하할 것은 위로 올라가지 않는다.

더군다나 위에서 보는 사람들은 이런 사건을 그저 수치로만 본다.

오늘의 사건도 그렇다. 유민택과 통화한 진상은 다시 전화해서 다시 여직원을 괴롭힐 것이다.

그녀는 괴롭고 힘들겠지만, 화가 난다고 끊어 버리면 그녀에 대한 클레임이 기록으로 남아서 나쁜 직원이 되고, 그게 쌓이면 결국은 해직된다.

“그런 놈들의 특징이 상대방이 약자라는 걸 이용해서 자신의 이득을 챙기는 거죠.”

“끊으면 되잖아?”

“아까 보셨잖습니까? 다시 전화합니다. 그리고 콜 센터 규정상 먼저 전화를 끊는 것은 절대로 금지되어 있습니다.”

“기가 막히는구먼.”

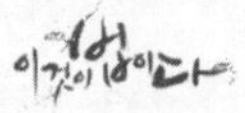

"그들은 대룡의 얼굴이니까요."

일선에서 사람들과 이야기하며 대룡의 이미지를 만드는 사람들이다. 그러니 절대로 상대방에게 실수해서는 안 된다.

그걸 넘어서, 상대방이 기분 나빠해서는 안 된다는 강력한 고정관념.

"얼굴이라."

유민택은 그 말에 왠지 생각이 많아졌다.

얼굴이라면 그에 맞는 대우를 해 줘야 한다. 그런데 그 꼴이라니.

"결국은 기업에서 그들을 어떻게 대우하느냐가 관건인 겁니다."

"자네는 어떤가? 이런 식이면 곤란하네."

단순히 인권적인 문제가 아니다. 기업으로서도 지금 상황은 그다지 좋은 것이 아니다.

들어가는 재화에 비해 그 능률이 너무 낮다. 한 사람에 한 시간씩 잡는다고 하면, 하루에 진상 하나만 만나도 업무 시간이 확 줄어드는 셈이다.

"제가 좀 알아보고 말씀드리지요."

노형진은 확답을 주지 않았다.

유민택이 요구하는 것은 그냥 감상이 아니라 해결책이라는 것을 알고 있기 때문이었다.

"끝내주네."

손채림은 녹음 기록을 확인하고는 고개를 흔들었다.

"이게 사람 취급이야?"

"사람 취급 안 하는 녀석들이 많지."

노형진은 씁쓸하게 말했고 무태식 역시 이를 박박 갈았다.

"아오, 그냥. 내가 직접 가서 박살을 내고 싶다니까요."

"그래서 남자 직원을 안 쓰는 겁니다. 남자 직원들은 듣다가 욱해서 결국 싸우게 되거든요."

정식으로 사건이 접수된 이상 그냥 의견만 말할 수는 없다. 사건 자체는 쉽지만 그 반작용을 최대한 줄여야 한다.

그런 만큼 노형진 팀은 이번 사건에 대해 철저하게 준비를 하고 있었다.

"사람 열 받게 만들기 대회라도 하는 거야 뭐야?"

손채림은 처음에는 쉽게 생각했다. 그냥 모욕죄로 처벌하면 그만이라는 생각을 한 것이다.

하지만 기록을 보면서, 일이 그렇게 쉽지 않다는 것을 알아차렸다.

"일단 숫자가 너무 많아."

"그렇지."

하루에 전화하는 인간 중에서 대략 20%는 소위 말하는 진상이다.

물론 다 똑같은 진상은 아니다. 심한 놈도 있고 덜한 놈도 있다.

덜한 놈은 그냥 여직원에게 추근거리면서 번호를 알려 달라고 하는 수준이고, 심한 놈은 지난번에 유민택과 통화한 수준이다.

문제는 그것보다 더 심한 놈도 있다는 것.

"대충 상황을 보니 그런 놈들에게 들어가는 시간이 대략 전체 업무 시간의 30%에 달합니다. 그러니까 진상들 때문에 정상적인 업무가 진행이 안 된다는 거죠."

"네. 일반적으로 정상적인 고객들의 통화 시간은 짧으면 5분, 길어야 10분 내외입니다. 그에 반해 진상으로 블랙리스트에 올라간 사람들의 통화 시간을 확인해 보면 짧아야 30분, 최고 세 시간까지입니다."

물론 그 시간 대부분은 성희롱과 추근거림 그리고 진상질에 소모된다.

"총 근무시간으로 따지면, 진상의 수는 15% 내외지만 그들에게 할당되는 시간은 대략 35%에서 40%까지 들어가더군요."

"흠."

무태식이 다혈질이기는 하지만 그렇다고 해서 무능한 건 아니다. 그는 이 문제에 대해 접근하는 법을 정확하게 알고 있었다.

"그러면 인원 부족의 원인은 단순히 월급 상승과 대룡의 성장 때문이 아닐 수도 있군요."

"유명해진 만큼 진상도 꼬이는 거죠."

진상은 업무를 방해하고, 그만큼 통화대기 시간은 길어진다. 그리고 그 때문에 일이 많아진다.

"그냥 고소하거나 차단하면 안 돼?"

"안 돼. 일단 차단은 업무적인 부분이라서 해서는 안 되는 상황이야. 고소는…… 할 수야 있지만 문제는 그 녀석들이 절대다수라는 거지."

홍보를 하고 광고를 하고 수천억의 돈을 들여서 이미지를 좋게 바꿔도 미친놈 하나가 올린 글 하나에 날아가는 것이 기업의 이미지다.

"정상적인 불만 접수야 상관없지만 이런 녀석들은 절대로 그렇게 하지 않거든."

인터넷에다가 마치 자신이 엄청난 피해자인 것처럼 꾸며서 올리고 그게 무서울 정도로 퍼지면, 기업의 이미지는 타격을 입는다.

"그런 사건이 생각보다 많기 때문에 우리가 조심하는 수밖에 없어."

실제로 어떤 블로거가 인터넷에 어떤 식당에 대해 아주 안좋은 소리를 했다. 그 결과 그 식당은 안 좋은 식당으로 소문이 나서 망할 뻔했다.

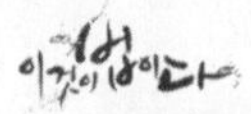

그런데 진실은 그 블로거가 자신이 파워 블로거라는 점을 이용해서 무려 30만 원 넘는 돈을 내지 않으려고 하는 것을 주인이 거절하고 경찰을 부르자, 앙심을 품고 그런 행동을 한 것이었다.

"저들의 행동은 절대로 선하지 않아. 그러니 저들의 입부터 막아야 해."

"흠……."

"고소야 쉽지. 아주 쉬워. 그런데 저들의 숫자를 생각해 봐."

한 놈이 올리는 것만 해도 그렇게 머리가 아픈데 두 번째, 세 번째 놈들이 계속 등장하면 사람들은 인터넷에 올라오는 글을 보고 대룡을 판단하게 된다.

"그때는 수천억씩 들여서 하는 광고가 아무 소용이 없게 된다고."

그래서 대부분의 기업들은 이런 진상들에게 제대로 대응을 하지 못하는 것이다.

그들이 결코 모욕죄를 모른다거나 직원들의 의견 따위는 상관이 없어서 그런 게 아니라.

"이건 대룡뿐만 아니라 다른 기업들도 마찬가지야."

"흠……."

"실제로 작은 가게들은 도리어 그 녀석들을 쫓아내고 효과를 본 적도 있지. 문제는 그런 곳은 인터넷에서 그다지 큰 반향을 일으킬 수 있는 곳이 아니라는 거야."

어차피 단골 장사를 하는 곳들이야 상관없지만 거대 기업은 그게 아니다. 당연히 사람들의 의견을 조심해야 한다.

"그리고 진상을 부리는 녀석들 대부분은 그걸 알고 있는 것이고."

그래서 그들은 거대 기업에 진상을 부린다. 힘으로 싸우면 이길 수 없지만 말이다.

"웃기네."

"그렇지. 웃기지."

정작 진짜 피해자들은 말을 하지 못한다. 그들은 혼자이고, 인터넷에 올려도 대기업은 그걸 막을 능력이 되기 때문이다.

그러나 이들은 혼자가 아니고, 법대로 처리하면 진상들이 나서서 깽판을 친다.

"집단의 힘인가?"

"그렇지."

대룡에 전화를 해서 깽판을 치는 녀석들의 수는 못해도 3천이 넘는다. 그것도 아주 심한 놈으로만 해도 말이다.

음담패설이나 기타 다른 가벼운 것까지 포함하면 그 숫자는 몇만 단위가 된다.

그들이 동시에 대룡에 대한 헛소문을 인터넷에 퍼트린다면 대룡이 아무리 광고를 해도 이미지가 좋아질 수는 없다.

"결과적으로 이번 사태를 해결하기 위해서는 기업에 부담이 되지 않는 방법을 찾아야 해."

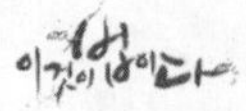

"놔둘 수는 없나요?"

무태식의 말에 노형진은 고개를 흔들었다.

"지금 그 방법을 쓰고 있지요."

모른 척, 아무렇지도 않은 척 그들을 놔두고 있다.

"그렇지만 그건 최악의 방법입니다. 차선도 아니고 말이지요."

일하는 직원들은 스트레스로 치료받거나 우울증을 겪거나 하고, 회사 입장에서는 그들이 상담 시간을 빼앗아 가면서 진짜 고객들을 상담해 줄 시간이 부족해서 점차 고객들이 떠나는 현상이 벌어지고 있다.

"당장은 별일이 없지만 장기적으로는 기업에 큰 타격을 줄 겁니다."

"흠."

무태식은 그 말에 턱을 쓰다듬었다.

"그러면 방법이 없나요?"

"그럴 리가요."

방법이 없는 건 아니다. 다만 그 방법을 누구도 쓰지 않았을 뿐.

"그리고 그 방법을 쓸 시간이 되었습니다."

노형진은 씩 웃으면서 제법 두툼한 고소장 뭉치를 꺼내 들었다.

“우리가 직접 고소하라고요?”

“네.”

“그건 좀 무리 아닌가요? 우리가 고소하면…….”

눈치를 보는 여직원들.

한 명도 아니고, 이곳 콜 센터에 일하는 사람은 무려 이백마흔 명이다. 그런데 그들 모두에게 고소하라고 한 것이다.

“무리는 아니죠. 법적으로는 여러분 모두 고소를 할 자격이 있는 분들입니다.”

“하지만…….”

이들이 그런 걸 몰라서 안 하는 게 아니다. 고소하려고 하면 못 할 것은 없다.

하지만 그렇게 하는 순간, 자신들은 해직당한다.

“여러분이 공식적으로는 해직당할 겁니다.”

“공식적으로는?”

“네. 공식적으로는 말이지요.”

노형진은 그녀들에게 말했다.

“하지만 현재 일하는 것과 동일한 조건으로, 다른 기업으로 가게 될 것입니다.”

“네? 하지만 돈을 똑같이 받는다고 동일한 조건은 아닌데요.”

노형진은 이미 대룡과 이야기를 끝내 둔 상태였다.

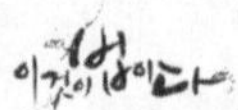

대룡에서는 자신들의 이미지에 문제가 생기지 않는 선에
서 해결하기 위해 노형진의 작전을 적극적으로 수용하기로
했고, 그걸 위해 모든 협조를 다하기로 했다.

그들도 진상 때문에 진짜 고객이 떠나는 것을 원하지는 않
기 때문이다.

"동일합니다."

"하지만 직장을 옮기면 출근 문제도 있고……."

돈만 동일하다고 해서 그들에게 동일한 조건이 되는 것은
아니다.

당장 대부분의 여직원들은 이 근방에서 자취를 하는 사람
들이거나 결혼해서 근방에서 삶을 살아가는 서민들이다. 그
런데 만일 강원도 같은 곳으로 가 버린다고 하면 아무리 자
신들이 따라가려고 해도 쉬운 게 아니다.

"직장 문제는 걱정하지 않으셔도 됩니다. 그대로 이곳에
서 일하게 될 테니까요."

"네?"

"공식적으로 지금 있는 회사는 폐업 절차를 밟게 되지만
바뀌는 것은 없습니다. 장소도 이곳을 그대로 쓸 겁니다."

"헐."

노형진의 계획은 단순했다.

만일 대룡이 전면에 나서지 못할 상황이라면 이들이 전면
으로 나서는 것이다.

"여러분은 정식으로 모욕과 성희롱으로 고발하시면 됩니다. 기업 차원에서 업무방해로 넣고 싶지만, 사실 대룡 입장에서는 인터넷에서 타깃이 되고 싶지는 않을 테니까요."

수적으로 우세한 진상 놈들이 인터넷에서 불만을 터트리게 되면 애써 좋게 만든 대룡의 이미지는 시궁창에 처박혀 버린다. 그러면 대룡의 입장에서는 수천억의 손해가 발생하는 셈이다.

"하지만 여러분이 개별적으로 고소하게 되면 이야기는 달라집니다."

이곳에 있는 여자들 중에서 모욕이나 성희롱을 당하지 않은 사람은 없다.

콜 센터라는 것이 누구에게 걸릴지 알 수가 없는 구조이기 때문에 똑같은 사람에게 계속 연결되지는 않는다.

가령 유민택을 모욕했던 인간 같은 경우는 기록에 따르면 이곳에 있는 이백마흔 명의 직원 중에서 백스무 명 이상이 심각한 모욕과 성희롱을 당한 것으로 되어 있다.

"일단 해당 건에 대해 개별적인 고소 고발을 진행하는 데에는 문제가 없습니다. 그런데……."

"그런데요?"

"대룡의 입장에서는 그 부분이 상당히 부담이 될 수밖에 없지요."

어찌 되었건 대룡의 직원이 대단위 고소하는데 대룡이 안

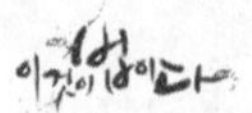

엮일 수가 없다.

"그래서 여러분은 대룡과 소송을 해야 합니다."

"네?"

"하지만……."

"걱정하지 마세요. 대룡과는 이야기가 다 끝났으니까요."

이들이 모욕과 성희롱으로 고소를 할 수는 있지만 그 증거가 되는 통화 내역은 이들이 가지고 있는 게 아니라 이들의 기업이 가지고 있다. 그리고 계약에 따르면 그 내역은 대룡의 소유다.

"대룡은 그 자료를 내주지 않으려고 할 겁니다. 공식적으로는요. 그러니 여러분은 소송을 통해 대룡에 해당 자료를 요구하면 됩니다."

그러면 대룡은 못 이기는 척 해당 자료를 줄 수밖에 없다.

그렇게 되면 이 소송을 하는 것은 대룡이 아니라 피해자들이 된다. 그리고 그렇게 함으로써 대룡은 그들의 공격에서 벗어날 수 있다.

그들 입장에서야 억울하겠지만, 대룡은 이 사건의 당사자가 아니니까.

"왜 그렇게 복잡하게 하는 거죠?"

"프레임 때문이지요."

"프레임?"

"네. 세상에는 프레임이라는 게 있습니다. 사람들은 보는 것만 보니까요.”

만일 대룡이 그들을 고소하게 되면 이 프레임은 강자가 약자의 입을 다물게 하기 위해서 하는 고소로 보이기 쉽다.

그들도 그렇게 주장할 테고, 약자는 무조건 선하다는 터무니없는 생각을 가진 일부 매체들 역시 그렇게 주장할 것이다.

“물론 블랙 기업도 있지요. 하지만 진상도 있는 법입니다.”

그러나 이렇게 당사자들이 직접 소송을 하게 되면 프레임은 바뀌게 된다.

“여러분은 진상을 부린 당사자들에 비해 약자입니다. 언론에서도 다르게 표현하게 되지요.”

“아!”

그들이 억울하다고 말해 봐야 세상은 연약한 콜 센터 직원에게 진상 부린 나쁜 놈들이라 생각하고 코웃음 칠 뿐이다.

더군다나 약자라는 것에 집착하는 일부 언론의 기준으로 봤을 때 콜 센터 직원인 이들은 약자임과 동시에 노동자이며 또한 여성이다. 그들이 보호해야 한다고 거품을 무는 세 종류의 사람들의 집합인 것이다.

“결과적으로 대룡은 슬쩍 빠져나갈 수 있습니다.”

그 과정에서 대룡은 공식적으로 이들 회사와 거래를 끊을 것이다.

하지만 새로 설립되는 회사는 이름만 바뀐 것이고 사장도 직원도 시스템도 완벽하게 똑같다. 그저 등기만 바꾸는 것뿐

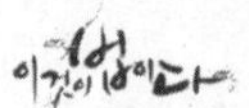

이다.

"공식적으로 주소는 제주도에 있는 것으로 되어 있을 거고요."

물론 진짜 주소지인 제주도에 가 봐야 보이는 것은 작은 임시 사무실뿐이고 그나마도 비어 있다.

하지만 현행법상 문제는 없다. 거기에 주소를 두고 여기서 본업을 한다고 해도 말이다.

"어쨌든 사람들이 봤을 때는, 대룡은 사태를 막기 위해 최선을 다한 것이지요."

외부적으로 대룡은 자료를 주는 것을 거부했을 뿐만 아니라 기존에 있던 업체와 관계를 정리하고 신생 업체로 거래처를 바꾼 것이다.

"하지만 그러면 도리어 대룡도 욕먹을 것 같은데요?"

누군가가 손을 들고 의견을 말했다.

"성함이?"

"이성은이라고 합니다. 콜 센터 3팀 팀장입니다."

"그러시군요. 그런데 대룡이 욕먹다니요?"

"저희는 오랫동안 진상들과 싸워 왔습니다. 그리고 사람들에 대해서도 많이 알죠. 그런데 만일 대룡에서 자료를 안 준다고 하면, 사람들은 대룡을 욕할 텐데요?"

"외부에 드러나는 건 그렇지요. 하지만 대룡이 전면에 드러나는 시점은 그 시점이 아닐 겁니다."

"네?"

노형진 역시 그 부분을 예상하고 있었다.

물론 진상들이 인터넷에 험담을 하는 것만큼은 아니지만 약자들이 자신을 보호하기 위해서 한 소송에 대하여 자료를 주지 않는다고 한다면 진상을 보호하기 위해 직원을 배신했다는 말이 나올 수밖에 없다.

"그렇기 때문에 공식적으로 대룡이 전면에 나서는 것은 그 후일 것입니다."

"그 후?"

"네."

이들이 자료를 요청하는 과정까지는 극비리에 조용히 진행이 될 것이다. 그러다가 자료가 넘어간 후, 외부적으로 이들이 약자의 자리를 차지하고 진상들이 강자의 자리를 차지한 후에는 대룡은 그 기조를 바꿀 것이다.

"대표적인 것이 바로 고용의 승계입니다."

공식적으로 대룡은 기존에 있던 업체와 계약을 해지하고 다른 업체와 계약을 하는 것으로 되어 있다. 그러나 외부적으로는 계약 해지의 사유는 이 집단소송이 아니라 직원 보호를 철저하게 하지 못한 책임 탓으로 이야기가 될 것이다.

"그리고 대룡에서는 새로운 기업에 여러분의 고용 승계를 요구할 겁니다."

"아!"

그렇게 되면 기존 업체는 직원들이 고통 받는 것을 방치한

죄로 망하게 되는 셈이다.

물론 사라질 기업이니 사람들이 욕하든 말든 의미는 없다.

"하지만 그에 반해 대룡은 자신들에게 법적인 소송도 불사했던 직원들마저 보호하려고 하는 대인배스러운 모습이 되지요."

"우와!"

"변호사라는 게 다 저런 거야?"

여직원들은 깜짝 놀랐다.

그냥 소송만 할 줄 알았더니 여러 겹으로 설계를 해서 대룡도 여직원들도 절대 욕먹지 않게 계획을 짜 온 것이다.

이 사건에서 욕먹게 되는 존재는 단 하나, 이들을 괴롭히던 진상뿐이었다.

"자, 그럼 여러분."

노형진이 마지막 말을 하려고 하자 물끄러미 바라보는 여직원들.

"치킨값을 벌러 갑시다."

손님이 아니라 손놈이겠지

　여직원들은 바로 경찰서에 고소장을 접수했다. 그리고 그걸 본 경찰들은 질색을 했다.

"소장을 이렇게 많이 가지고 오면 어쩝니까?"

"어쩌긴요. 접수해야지."

"장난해요? 이걸 어떻게 해결하라고!"

"그래서, 일하기 귀찮으니 일 안 할 겁니까?"

"그건 아니지만……."

경찰들은 가득한 서류를 보면서 아찔한 표정을 지었다.

그럴 수밖에 없는 게, 거기서 일한 여직원들은 이백마흔 명. 그들은 최소한 쉰 번 이상 성희롱을 당하거나 모욕을 당했다.

　물론 중복된 사람도 있겠지만 전국에 진상이 한두 명이 아닐 것이다.

　한 사람당 최소 열 명이라고 해도 무려 이천사백 명이다.

　그런데 집단이 아닌 개개인으로 넣었기 때문에 사건이 터무니없이 많아진 것이다.

　"그냥 통째로 넣어요."

　"그게 될 리 없지 않습니까? 경찰 여러분도 아시다시피 모욕죄는 친고죄입니다."

　"으음……."

　모욕과 성희롱은 친고죄다. 기업이 대신해서 넣어 줄 수 있는 성향의 사건이 아니다.

　"당연히 개개인이 개별적으로 넣는 수밖에 없습니다. 법이 그런 걸 어쩌라고요."

　노형진은 어깨를 으쓱하면서 말했다.

　"으으으……."

　그 모습에 얼굴이 창백해지는 경찰들.

　이 정도 되는 사건을 해결하기 위해서는 적지 않은 시간이 필요할 게 뻔하기 때문이다.

　"그냥 주소지만 알아내서 그쪽으로 보내세요."

　"그거 말고는 방법이 없어 보이기는 하는데……."

　일반적으로 경찰에 사건을 접수하면 그 사건은 그 경찰서에서 해결하는 게 아니다. 해당 관할서, 일반적으로 가해자

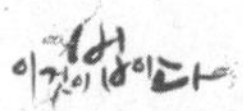

의 주소지로 보내게 되어 있다.

"그런데 그 주소지가 어디인지 어떻게 알아요?"

"아마 대룡은 알고 있지 싶은데요?"

"대룡?"

"네."

노형진은 슬쩍 대룡을 찔러 넣었다.

공식적으로 가해자들의 주소를 아는 것은 대룡이다. 전산 상에 고객 기록이 있을 테니까. 그리고 그 주소를 알아야 사건을 보낼 수 있다.

"그러니까 대룡에 물어보세요."

⚖

"안 됩니다."

무태식은 경찰의 말에 단호하게 선을 그었다.

그 말을 들은 경찰은 속이 터지는 기분이었다.

"하지만 다른 분 말로는……."

"그분은 그분이고 저는 접니다."

'어쩌라고!'

대룡에 물어보라고 한 건 새론의 변호사다. 그런데 대룡의 대표로 나온 새론의 변호사는 자료를 못 준단다.

"협조 차원에서 주는 것이 어떠신지요?"

"한두 명도 아니고, 족히 1만 명은 되어 보이는 사람의 자료를 달라고요? 이거 공권력의 횡포입니다."

"그냥 협조 차원에서……."

"증거를 가지고 오세요."

"증거요?"

"네. 증거를 가지고 오셔야 저희가 드리지, 다짜고짜 쳐들어와서 만 명이나 되는 사람들의 개인 정보를 달라고 하시면, 이건 사찰입니다."

사찰이라는 말에 다들 얼굴이 해쓱해졌다.

안 그래도 요즘 현 정부에서 민간인 사찰을 한다는 소문이 돌아서 예민한 말이 바로 사찰이다.

"안 그렇습니까? 세상에 어떤 기업이 1만 명의 개인 정보를 다짜고짜 달란다고 줍니까? 영장 받아 오세요, 영장!"

무태식의 말에 경찰은 머리가 욱신거리는 느낌이었다.

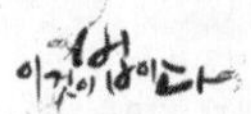

"법원에 영장을 청구했다고 하더군요."

노형진은 사건의 추이를 계속 살펴보고 있었다.

워낙 사건이 큰 덕분에 경찰은 어쩔 수 없이 검사에게 보고를 해서 영장을 청구했다.

"금방 나오겠군."

"그렇겠지요."

검사도 사태의 심각성을 안 건지 빠르게 영장을 청구했고, 못해도 이틀 후쯤이면 영장이 나올 것이다.

그리고 그들의 자료는 경찰로 넘어갈 테고, 본격적인 수사가 진행될 것이다.

"그런데 그냥 기다렸다가 주면 안 되나?"

어차피 줘야 하는 것이기 때문에 현재 전산 팀은 해당 대상자들의 자료를 뽑아내고 있다. 그러니 기다렸다가 줘도 된다.

하지만 노형진은 생각이 달랐다.

"물론 그냥 기다렸다가 줘도 됩니다. 하지만 슬슬 기자들이 냄새를 맡았을 겁니다."

"냄새를 맡았을 거라고?"

"네. 콜 센터 직원들이 고객을 고소한 초유의 사태입니다. 더군다나 한두 명도 아니고, 이백마흔 명의 직원이 만 명에 가까운 사람들을 고소한 사건입니다. 기자가 모르면 그게 이상한 거죠."

"그렇겠지."

"이 상황에서 우리가 기다렸다가 자료를 주면 욕먹을 겁니다."

대룡이 가해자인 진상들을 보호한다는 욕먹을 가능성은 다른 직원도 지적했을 만큼 가능성이 높다.

"하지만 내일은 자세한 내용은 나오지 않을 겁니다."

“자세한 내용은 안 나올 거라고?”

“네. 이미 기자들과 이야기해서 손써 놨습니다.”

노형진은 기자들에게 투자한 돈이 있을 만큼 그들과 각별한 관계를 가지고 있다.

그리고 어차피 언론에 나가야 할 사건이라면 그들이 먼저 터트림으로써 그들의 프레임을 고정시킬 수 있다.

“내일 조간신문에는 진상에게 시달리다가 저항하기 위해 고소를 진행한 콜 센터 직원들의 이야기가 나올 겁니다.”

“그건 알지.”

그렇게 되면 언론에서는 공식적으로 그 프레임을 따라갈 수밖에 없다. 이 상황에서 갑자기 진상들을 편들어 줄 수는 없으니까.

“더군다나 우리나라 언론들의 배끼기를 생각하면, 석간쯤 되면 전 국민이 다 알 테지요.”

“그렇겠지.”

“그러니 우리는 그때를 노려야 합니다.”

영장이 나올 거라 생각되는 시간은 이틀 후다.

그러나 대룡은 내일 저녁 해당 자료를 경찰에 넘길 것이다. 공식적으로 경찰의 요구를 받아서 말이다.

그러나 그 소식은 법원에 늦게 전달될 테고, 영장은 나올 것이다.

“그러니까 우리가 벗어나기 위한 모든 준비는 끝난다는 거죠, 후후후."

⚖

이성은은 화면에 뜨는 블랙리스트라는 경고를 보고 심호흡을 했다. 그리고 전화를 받자마자, 그 너머에서는 욕설이 터져 나왔다.

ㅡ야! 이 개새끼야!

"고객님, 여기는 대룡 콜 센터입니다."

ㅡ이 망할 년아! 세상에 어떤 쌍년이 고소를 해! 가서 내가 아가리 찢어 버린다!

전화를 해서 욕을 하는 사람.

그는 이성은도 익히 아는 사람이었다.

전화를 걸어 얼마나 진상질을 했는지, 사람들이 치를 떠는 인간이었다.

'걸렸나 보네.'

대룡에서는 그에 관련된 정보를 경찰로 넘겼고, 당연히 경찰에서는 그를 조사하기 시작했다.

그리고 고소당했다는 사실을 안 그는 불만을 터트리려고 전화를 한 것이다.

"고객님, 해당 사건은 저희 대룡과는 아무런 관련이 없습니다."

설마 지금 통화하고 있는 당사자가 자신을 고소한 사람이라고는 생각하지 못한 그는 길길이 날뛰었다.

-왜 관련이 없어! 세상에 어떤 기업이 고객을 고소하냐고!

"고객님, 해당 고소를 진행한 것은 대룡이 아니라 일부 직원분입니다. 그들의 고소는 저희 대룡과 아무런 관련이 없습니다."

-그러면 그 개 같은 년들을 잘라야 할 거 아냐! 그리고 개인 정보 준 건 대룡이잖아!

"대룡에서는 영장이 나와서 어쩔 수 없이 제출한 것뿐입니다."

노형진이 영장이 나오기 직전 아슬아슬하게 먼저 제공을 한 이유가 바로 이것이다.

너무 이르게 주면 고객을 버렸다는 말이 나올 수 있고, 그렇다고 끝까지 안 주면 진상 때문에 직원을 버렸다는 말이 나온다.

하지만 외부적으로는 먼저 줬지만 영장이 나온 것도 사실이기 때문에 저들에게는 당당하게 영장 때문이라고 말할 수 있는 것이다.

"그리고 해당 직원들에 대한 징계는 현재 상부에서 고민 중입니다."

-뭐라고? 그러면 그 쌍년들이 아직도 일한다는 거야? 당장 그년들 바꿔!

"알겠습니다, 고객님."

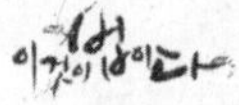

이성은은 씩 웃으면서 주변에 있는 동료들을 불렀다. 그리고 통화를 스피커폰으로 돌렸다.

"전화 연결되었습니다, 고객님."

―뭐야? 아까 그년이잖아! 고소한 년들 바꾸라니까!

그 말에 이성은의 입가에 미소가 떠올랐다.

전에는 그냥 어쩔 수 없이 당하던 일들, 통화를 마친 후에 화장실에 가서 숨죽이면서 울던 일들.

그 모든 것이 마치 추억처럼 흘러갔다.

주변의 동료들 역시 비슷한 감정을 가지고 있는지 얼굴에 미소가 가득했다.

진상이 욕을 하고 있지만, 절대적으로 유리한 것은 자신들이기 때문이다.

"저도 고소한 년입니다, 고객님."

―…….

순간 당황한 진상은 말을 하지 못하고 침묵을 지켰다.

"그리고 제 주변으로 그 고소에 동참한 여성분들이 대략 십여 명쯤 있습니다, 고객님. 누구를 바꿔 드릴까요?"

―…….

"제가 기억하기로는 고객님을 고소한 직원이 백 명이 넘는 걸로 알고 있는데요. 원하시면 호출해 드리겠습니다, 고객님."

―어…… 그러니까…….

이건 생각도 못 한 상황이었는지 진상은 아무런 말도 하지 못하고 한참 동안 침묵을 지키다가 애써 입을 열었다.

아까 고래고래 소리를 지르면서 욕하고 따지던 모습과는 전혀 다른 모습으로 말이다.

―제가 그러니까 큰 실수를 한 것 같은데, 그냥 한 번만 봐주시면 안 될까요?

지금까지와는 전혀 다른 비굴한 모습.

그 말에 이성은의 얼굴에 승리의 미소가 서렸다. 그동안 쌓여 있던 고통이 한 방에 사라지는 느낌이었다.

"죄송합니다, 고객님. 사건이 진행 중이라 저희가 어떻게 도와드릴 방법이 없네요. 해당 사건에 대해서는 합의가 없다는 것이 저희 직원들의 의견이어서요. 그리고 방금 전 통화 내역도 증거로 제출될 예정이오니 이 점 양해 부탁드립니다."

―잠시만요! 제가 잘못했어요. 제가 고의로 그런 것이 아니라…….

"자세한 이야기는 경찰서에서 해 주셨으면 감사하겠습니다, 고객님. 그리고 업무와 관련되지 않거나 모욕적인 언사에 대해서는 원활한 업무 진행을 위해 저희 쪽에서 먼저 끊어 버릴 수 있게 규정이 변경되어서, 죄송합니다만 업무 관련 말씀이 없으시면 이만 끊도록 하겠습니다, 고객님."

―한 번만 봐주시면…….

"안 됩니다, 고객님. 아, 그리고 다시 한 번 말씀드립니다만, 전화하셔서 말씀하시는 모든 통화 기록은 증거로 제출될

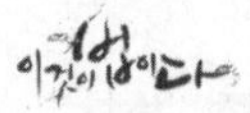

수 있다는 점, 양해 부탁드립니다."

씩 웃으면서 말한 그녀는 버튼을 눌러서 전화를 끊었다.

전에는 절대로 전화를 먼저 끊지 못하게 되어 있었지만 이제는 이런 진상의 전화는 언제든 끊을 수 있게 바뀌었기 때문에 과감하게 끊어 버린 것이다.

"후우!"

그녀는 전화를 끊고는 한숨을 쉰 다음 벌떡 일어났다. 그리고 크게 소리를 질렀다.

"치킨 먹으러 가자! 치킨 파티다! 내가 쏜다!"

"우와!"

그렇게 고통에 힘들어하던 그녀들의 일상이 조금씩 바뀌고 있었다.

⚖

"우리는 억울합니다!"

집단에 대응하기 위해 가장 좋은 방법은 집단이다.

진상들은 자신들이 한꺼번에 고소당했다는 사실을 알고는 끼리끼리 뭉쳤다. 그리고 집단을 만들어서 조직적인 저항을 하기 시작했다.

"우리는 절대로 누군가를 모욕하거나 욕한 적이 없습니다. 서비스 정신도 없이 소비자의 불편함에 제대로 대응하지 않는 대룡에 대하여 분노를 터트린 적은 있습니다만, 결코 누군가를 모욕한 적은 없습니다."

모여서 기자회견을 하는 사람들.

방송을 통해 그 모습을 보던 노형진은 피식하고 비웃음을 흘렸다.

"저거 놔둬도 되는 거야?"

"그럼 놔두지 뭐해? 내가 아무리 잘났어도 누군가 조직을 만드는 것까지 막지는 못해."

"그래도 개소리잖아?"

"그건 그렇지."

저들의 숫자는 대략 천 명 정도 된다. 1만 명의 진상 중에서 10%만 모인 것이다.

"그러니까 놔두는 거야."

"응?"

"저 녀석들은 진짜로 억울한 게 아니라 압박하기 위해 뭉친 거거든."

"압박?"

"그래. 사람들이 잘못 생각하는 게 있는데, 잘못한 사람들은 절대로 반성하지 않는다는 거야."

"반성하지 않는다니?"

"저기 있는 사람들은 진상 중에서 진성 진상이라는 거지."

일반적으로 이런 일이 닥치면 개념이 있는 사람들은 창피

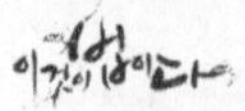

해하면서 조용히 입을 닥치거나 어떻게든 합의를 해 보려고
한다.

실제로 합의를 위해 하루에도 수백 명이 전화를 하는 게
현재 새론의 상황이다.

그리고 지금 이 순간도 합의를 위해 전 직원이 대기 상태
나 마찬가지다. 피해자도 워낙 많지만 가해자는 더 많은 상
황이니까.

"그러니까 치킨 파티지."

"치킨 파티?"

"그런 게 있어."

인터넷에서는 이런 건수를 잡아서 배상을 받는 것을 '치킨
파티 한다.'라고 표현하기 때문에 노형진은 치킨 파티라고
표현한 것인데, 아직까지 그 표현이 널리 사용되지는 않는
모양이었다.

"하지만 그러지 못하는 사람들이 있지."

"어떤 사람들?"

"진상이 아주 심한 사람들. 빼도 박도 못 하는 사람들. 그
리고 피해자가 많은 사람들."

그들은 합의를 하고 싶어도 개별적으로 고소가 들어간 상
황이라 합의를 해야 하는 대상이 너무 많다.

1인당 못해도 100만 원은 줘야 하는데 많은 경우 피해자
가 백쉰 명 가까이 된다.

터무니없지만, 랜덤하게 배당되는 상담 전화의 특성상 걸리는 대상이 누군지 알 수가 없고 오래 그 짓을 하면 그 기록이 남아 있기 때문이다.

"더군다나 이런 사건은 6개월 이내에 고소하면 되거든. 문제는, 저런 진상은 상당 기간 저 짓거리를 한다는 거야."

저들은 불만을 표현하기 위해서 전화하거나 제품의 하자로 전화하는 게 아니라, 말 그대로 누군가를 괴롭히면서 자신의 스트레스를 풀기 위해서 하는 것이다.

"그러니 합의하려고 해도 할 수가 없지."

죄질이 경미하면 합의금도 낮지만 저기 있는 인간들은 그 강도가 아주 심하고 상습적인 사람들이다.

"피해자들의 규모와 그들이 지금까지 해 온 진상 짓의 강도를 생각한다면 못해도 1억 5천. 아마 판결을 기준으로 한다면 대략 5억 이상의 배상을 해야 해. 그런데 저들이 과연 잘못했다는 소리를 할까?"

"아!"

저들은 그냥 소리만 지른 게 아니라 상대가 먼저 끊지 못한다는 점을 악용하여 모욕하고 성희롱을 하고 끊임없이 괴롭혔다. 그것도 아주 장시간에 걸쳐서 말이다.

심한 인간은 하루에 두세 번씩 전화하면서 그 짓을 했다.

남자들만 그런 것이 아니다.

상당수 여자들도 자신이 받은 스트레스를 풀기 위해 전화

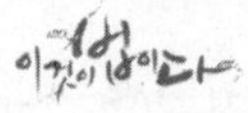

를 해서 욕설을 하곤 했다.

"결국 그들은 자신들이 배상할 수 없는 규모가 되니까 억울하다고 하면서 언론 플레이를 할 수밖에 없지."

한 사람당 1억 5천이다, 못해도.

전국에서 모인 진상들 중에서도 개진상인 셈이다.

"민사로 가면 아마 개인당 300 정도까지 나오지 않을까 싶으니까."

저런 진상은 합의가 없이 쭈욱 간다는 계획인 만큼, 그들은 다급할 수밖에 없다.

"그런데 놔둘 거야?"

"놔둘 생각은 없어."

노형진은 텔레비전을 끄면서 말했다.

시간도 늦었고, 이제는 퇴근을 해야 하는 시간이었다.

"저들이 뭉치는 걸 막을 힘은 내게 없지만, 그렇다고 저들이 개소리하는 것까지 막을 힘이 없는 건 아니거든."

저들이 억울하다고 말하면서 대룡을 이 사이에 끼어들게 하려는 까닭은 간단하다.

자신들이 피해를 준 주체를 대룡으로 만들어서 자신들을 약자로 표현하려고 할 뿐만 아니라 그사이에 대룡을 당사자로 만들어서 대룡에 배상해 주려는 속셈이다.

대룡은 단일 개체이자 거대 기업이다. 그러니 상대적으로 배상금이 작아지기를 기대하고 있는 것이다.

"저들에게 말해 줄 건 하나뿐이야."
"어떤 거?"
"쏟아진 말은 주워 담을 수 없지만, 저장은 가능하다는 거."
그리고 그들은 자기들에게 벌어지는 일을 막을 힘이 없을 것이다.

⚖

"인터넷 토론을 합시다."
노형진은 이런 타입은 돌려서 말해 봐야 의미가 없다는 것을 알고 있었다.
물론 합의를 하면 편하다. 하지만 저들은 진상 중의 진상이고 저들에 대해서는 피해자들인 콜 센터 직원들이 절대 합의를 할 생각이 없다.
그러니 결과는 재판인데, 문제는 저들이 대룡을 걸고넘어지고 있다는 것.
대룡을 보호하기 위해 일을 이렇게 복잡하게 꼬아서 진행하고 있는데 그걸 놔둘 수는 없는 노릇.
"인터넷 토론요?"
"네. 당신들이 한 말에 대해 토론을 합시다."
노형진은 그들의 대표를 찾아가서 말했다. 물론 기자들을 대동해서였다.

"아니, 피해자인 우리가 왜 당신들의 토론에 응해야 합니까? 합의도 아니고 말이지요."

그들은 자신들이 피해자이며 지금 상황에서 마치 자신들이 권력을 가진 것이라 생각한 건지 고개를 뻣뻣하게 들고 항의했다.

'내가 이럴 줄 알았다.'

이렇게 진상을 부리는 인간들의 공통점이 있다. 그건 쉽게 권력에 취한다는 것이다.

그들이 부자나 진짜 갑의 위치에 있는 사람은 아니다. 하지만 자신보다 낮은 위치에 있다 싶은 사람에게는 뻣뻣하게 고개를 쳐든다.

'그리고 자기들끼리 뭉쳐서 이야기하다 보니 더욱 억울해지겠지.'

인간은 보고 싶은 것만 보고 듣고 싶은 것만 들으려고 하는 성향이 강하다.

그들은 자기들끼리 뭉쳐서 저마다 억울하다고 주장하면서 이야기를 했을 테니, 어느 순간 남아 있던 일말의 양심마저도 사라졌을 것이다.

더군다나 피해자대책회의니 어쩌니 하면서 일종의 집단이 만들어지면 그 안에서 권력 구조가 만들어지고, 권력에 쉽게 취하는 그들의 특성상 결과는 뻔했다.

"여러분은 명백하게 잘못을 하셨습니다. 하지만 대룡과 피해자들에게 사과를 하기는커녕 자기들이 피해자라고 주장하고 있지요. 그게 진짜인지, 확인해 봐야 하지 않겠습니까?”

“토론한다고 그게 나옵니까? 거기에다가 당신들이 없는 죄를 만들어서 뒤집어씌우고 있는 건데.”

“없는 죄를 만들어 뒤집어씌운다고요?”

“솔직히 그런 거 아닙니까? 돈 뜯어내려고 이번 일 저지른 거잖아요. 자기들이 자기들끼리 증언해 주기로 하고 누구 하나 딱 집어서 진상이다 못 박아서 경찰에 신고하면, 우리는 아니라는 증거가 없으니 그냥 당하는 수밖에 없지요.”

‘얼씨구?’

노형진은 그의 말에 기가 찼다.

‘진짜 자기가 뭐라고 지껄였는지도 모르는구먼.’

하긴, 이런 인간들은 자신들이 말로 상처를 준 것을 기억하지 못한다. 그 당시를 기억하지도 못할 만큼 상대방을 하찮게 보고 있기 때문이다.

“그렇게 당당하시면 녹취록을 공개해도 되겠네요?”

“뭐라고요? 녹취록?”

“네. 여러분은 신경도 안 쓰셨지만, 그 모든 통화 내역이 녹음되어 있습니다.”

“뭐라고? 그건 불법 아니야!”

“불법이 아니죠. 애초에 당사자끼리의 녹음은 불법도 아니고, 더군다나 연결 초기에 통화 내역은 녹음된다는 안내도

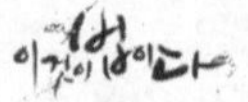

다 하고 있습니다.”

그 말에 상대방 대표는 눈에 띄게 눈이 흔들렸다. 전혀 몰랐던 눈치였다.

‘멍청하긴.’

녹음을 한다고 안내를 한다. 하지만 저들은 그런 걸 신경을 쓰지 않는다. 그러니 기억하지도 못하는 것이다.

일반적인 사람이라면 그걸 기억을 한다. 싸움을 걸려고 전화하는 게 아니니까.

그러나 목적이 그게 아닌데 그걸 기억하겠는가? 그럴 정도면 싸움도 걸지 않는다.

어쩌면 무시했을 수도 있다. 설마 그걸로 자신을 공격하겠는가 하는 생각도 했을 것이다.

한국의 기업은 단 한 번도 그런 적이 없으니까.

‘하지만 어디나 처음은 있는 법이지.’

사실 한국이 콜 센터 직원의 인권을 챙기는 것은 20년 후부터다. 그것도 이렇게 소송을 하는 게 아니라 그냥 끊는 정도였다.

‘하지만 가끔은 좀 더 빨라도 상관은 없겠지.’

무리하게 역사를 바꿀 필요는 없지만 바꿀 것은 바꿔야 한다.

“여러분의 녹음 내용은 모두 다 녹취되어 있습니다. 그걸 공개하면 되는 겁니다. 그러면 상관없지 않습니까?”

“그건 불법인데…….”

“양 당사자가 합의를 하면 불법은 아니지요. 그러니까 토론을 하면서 녹취를 공개하자니까요."

그 말에 사색이 되어서 주춤거리는 대표.

그럴 수밖에 없는 게, 아무리 기억을 못 한다고 해도 자신이 쌍욕을 했다는 것쯤은 기억하기 때문이다.

"지금까지 피해자라고, 조작이라고 말씀하셨는데 녹취록을 공개하지 못할 이유라도 있습니까?"

기자 한 명이 그에게 날카로운 질문을 던졌다.

"아닙니다. 공개해도 됩니다. 우리는 진짜로 피해자입니다."

"진짜로 피해자라고 생각하세요?"

노형진은 싱긋 웃으면서 뭔가를 꺼내 들었다. 다름 아닌 녹음기였다.

"헛!"

공개해도 된다고 말한 것은 기자들이 바글거리는 지금 상황에서 도망가면 안 된다는 생각 때문이었지 진짜로 바로 공개해도 된다는 의미는 아니었다. 그런데 눈앞에서 녹음기가 튀어나올 줄이야.

"일단 여기 피해자대책회의 의장님 녹취록부터 하나 들어 볼까요?"

노형진은 녹음기를 작동시켰다. 그리고 그 안에서 흘러나오는 목소리.

-야! 이 갈보 년아!

욕설이 터져 나오자 당황하는 사람들.

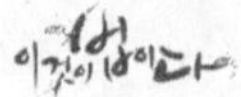

아랑곳없이 녹음기에서는 계속 목소리가 이어졌다.

-나 대룡의 유민택 회장입니다.

-뭐라고?

-유민택 회장입니다. 지금 하시는 말씀이 너무한 것 같은데요.

회장이라는 작자는 바로 지난번에 유민택과 연결된 진상이었다.

그렇게 연결된 진상의 목소리가 녹음기를 통해 기자들에게 퍼지고 있었다.

"헐? 진짜야?"

"이게 사실이야?"

다른 사람도 아니고 회장과 직접 연결되었다는 사실에 다들 깜짝 놀랐다.

"네, 맞습니다. 이게 대표적인 사례 중 하나라서 가지고 온 것뿐입니다. 상대방이, 다른 사람도 아니고 대룡의 회장이신 유민택 회장님이십니다. 그런데 그걸 알면서도 이렇게 욕을 하고 모욕을 했습니다. 회장에게 이 정도인데 콜 센터 사람들에게는 어느 정도일지, 예상이나 가십니까?"

노형진은 기자들을 바라보면서 물었다.

물론 그 당시 상황을 보면 회장인 유민택이 콜 센터에 있을 이유가 없으니 그가 의심할 만한 것은 사실이다. 하지만 노형진은 회장과 연결했다고 했고, 그건 결코 거짓말이 아니다.

그러다 보니 기자들이 보기에는 저 진상이 자꾸 바꾸라고 하니까 정말 회장의 사무실로 연결된 것이라고 생각할 수밖에 없었다.

"헉……."

그때가 생각나는지 사색이 되는 남자.

노형진은 그의 인생에 쐐기를 박았다.

"녹취록은 더 있습니다. 저기 대책회의장이라고 하시는 분은 저희 기록에 따르면 총 280회, 전화 시간은 이백스무 시간입니다. 저분이 동의하셨으니 해당 녹취록을 인터넷에 공개하도록 하겠습니다."

"헐."

"그리고 그 녹취록은…… 뭐, 이거와 별반 다르지 않다고 생각하시면 됩니다."

그러자 남자는 당황했다.

그렇게 되면 자신은 매장되는 셈이다.

"안 됩니다. 절대 안 돼요!"

"왜 안 됩니까? 동의하셨잖아요?"

"동의 철회하겠습니다!"

노형진은 그런 그를 보면서 이죽거렸다.

"왜요? 뭐 드러나면 안 되는 내용이라도 거기에 있는 모양이죠?"

"……."

남자로서는 아무런 말도 할 수가 없었다. 진짜로 이렇게

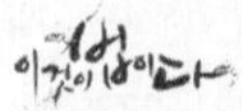

빠르게 공개할 줄은 몰랐기 때문이다.

"뭐, 철회를 하신다면 저희로서는…….."

그 순간 울리는 노형진의 핸드폰.

노형진은 핸드폰을 들어서 받았다. 그리고 몇 마디를 하고는 안타까운 얼굴이 되었다.

"이런, 죄송합니다. 아무래도 철회의 의미가 없는 것 같은데요?"

"뭐라고요?"

"벌써 공개되었답니다."

그 말에 남자는 사색이 되었다.

여기서 이야기하고 있는데 본사에서 이미 공개했다는 게 말이나 된단 말인가?

"뭐, 누군가 본사에 알린 모양이지요."

노형진은 그렇게 말하면서 기자들 사이에 숨어서 애써 웃음을 감추고 있는 손채림을 스윽 바라보았다.

'하여간 눈치는 빨라 가지고.'

노형진도 그가 철회할 것쯤은 알고 있었다.

지금이야 허세를 떠느라고 공개하라고 했지만 기자들이 가면 그사이에 철회할 거라 예상했다.

손채림 역시 그걸 예상한 건지 잽싸게 전화해서 공개해 버리라고 한 것이다.

"당장 내려요!"

사색이 되어서 외치는 남자.

노형진은 그를 위해 천천히 조언을 해 줬다.

"내리는 거야 어렵지 않은데요."

"않은데?"

"10분 사이에 퍼 간 횟수가 백 번이라는데요?"

그 말에 패닉이 왔는지 와들와들 떠는 남자.

기자 중 하나가 그런 그를 보고 기회가 왔다는 듯 잔인하게 마이크를 내밀었다.

"이 상황에 대해 어떻게 생각하십니까?"

"녹취록이 더 있고 그걸 공개하신다는데, 하실 말씀이 있으신가요?"

기자들에게 그에 대한 동정 따위는 없었다. 오로지 건수 하나 물었다는 탐욕뿐.

그 노골적인 눈빛에, 회장이라고 불리던 남자는 머리를 부여잡았다.

"으아아아!"

⚖

"순식간에 와해되어 버리네."

"그렇지?"

다음 날부터 그 남자는 잠수를 탔다. 연락은커녕 아무것도

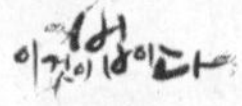

하지 않았다. 그러면 그 대책협의회인가 뭔가에서는 다른 사람을 뽑아야 하는데 그마저도 진행이 안 되고 있었다.

"왜 대표를 안 뽑을까?"

"안 뽑는 게 아니라 아무도 하려고 하지 않는 거야."

기본적으로 이쪽의 논리는 간단하다.

녹취록을 까고, 이게 모욕과 성희롱인지 따지자는 것이다.

"즉, 대표가 된다는 것은 자신의 녹취록이 대중에게 공개된다는 뜻이지."

"그렇겠지."

"그러니까 누가 하려고 하겠어? 알량한 비대위 대표 잠깐 하는 대신에 자기 인생은 박살이 날 텐데."

"하긴, 그렇기는 하네. 누가 자기 인생 걸고 미친 짓을 하겠어?"

물론 가끔 그런 녀석들이 있기는 하다.

하지만 그건 확신범의 경우에나 그런다.

즉, 그가 미친 짓을 하기는 하지만 그 원인이 잘못된 신념인 경우 자신이 정당하다고 생각해서 그럴 수 있는 것이다.

"하지만 이런 사건은 확신범이 아니야."

그냥 스트레스를 풀기 위해, 또는 자신의 쾌락을 위해 자신에게 대항할 수 없는 처지에 있는 콜 센터 직원을 괴롭힌 것뿐이다.

"당연히 신념도 없으니 이익에 예민하지."

돈을 주기 싫어서 협의회니 뭐니 만들었지만 대표를 하면 자신의 인생은 독박을 쓰고 망한다. 그러니 당연히 그들은 누구도 하려고 하지 않을 것이다.

"결국 말만 앞세우면서 싸우다가 끝나겠지."

"그럼 이번 사건은 끝난 거야?"

"그렇지."

사실상 저들이 할 수 있는 것은 더 이상 없다.

뭉치자는 결의는 이미 무너졌고, 이쪽에는 증거가 넘친다.

"그리고 전국에서 사람들이 몰려오고 있지. 난…… 다른 사람들이 잡아먹으려고 하고 있고."

일이 이렇게 커지자 생각지도 못한 사태가 벌어졌다.

전국에 있는 콜 센터나 상담소는 한두 곳이 아니다. 그런데 그런 곳에서 일하던 사람들이 너도나도 새론을 찾아오기 시작한 것이다.

"으아…… 나 사흘간 집에 못 갔다고."

"너랑 나랑 같은 팀이거든!"

손채림은 툴툴거렸다. 그만큼 사건이 많이 들어오기 시작한 것이다.

이곳처럼 한꺼번에 모두가 고소한 건 아니지만, 욕먹으면서 일하느니 차라리 고소해서 합의금 받아 내고 그만두고 만다는 사람이 엄청나게 많아진 것이다.

"지옥문 열렸네."

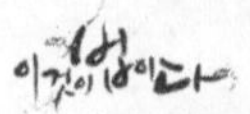

전국에서 진상 노릇 하던 손놈들에게는 지옥문이 열린 셈이다. 물론 그 일을 해결해야 하는 새론은 업무 과중으로 죽을 맛이고.

"일단은 근처 모텔을 통째로 빌려서 임시 숙소로 사용할 수 있는지 알아보자. 일이 아무리 많아도 잠은 자야 할 거 아냐."

어차피 일이 이쯤 되면 더 이상 자신이 할 것은 없다.

이미 시스템은 만들어졌고 정해진 과정에 따라서 소송이 진행될 테니 말이다. 만일 일이 많으면 외부에 외주 형태로 주는 것도 가능해질 것이다.

"흐아, 힘들다."

"오늘은 집에 가서 기절할 듯?"

손채림은 그렇게 말하면서 자리에서 일어났다.

그러나 퇴근하고자 하는 그들의 그런 열망은 전혀 엉뚱한 곳으로 불똥이 튀면서 실패하고 말았다.

"노 변호사님 계십니까?"

"무 변호사님, 아직 퇴근 안 하셨습니까?"

"일을 해야지요."

"벌써 닷새나 안 가셨잖아요? 혹시 싸우신 겁니까?"

그 말에 스윽 고개를 돌리는 무태식.

노형진은 그의 얼굴을 보고 피식 웃었다.

'쫓겨났구먼.'

무태식은 함께 일하던 변호사인 민시아와 결혼해서 지점

으로 내려갔었다. 그러나 그녀가 임신하면서 서울로 다시 올라왔다.

"싸운 건 아닙니다만."

"그럼요?"

"어차피 집에 가도 애가 하도 울어서 못 자는 건 마찬가지인지라."

"그래도 같이 있어 줘야지요. 이때가 여자가 제일 예민한 때입니다. 이때 소홀하게 하면 평생을 잡혀 살아요."

"아니, 결혼도 안 해 본 노 변호사님이 그걸 어떻게 압니까?"

"핫핫."

노형진은 그저 웃고 말았다. 자신이 회귀했다고 말할 수는 없는 노릇이니까.

"그래도 전 사흘간 집에 못 갔으니 사건이 있으면 받아 드려야지요. 어서 주고 가세요. 안 가면 진짜 큰일 납니다."

"글쎄요. 드리고 갈 만한 게 아니라서요."

"네?"

"이것 좀 보시겠습니까?"

"어떤 거요?"

노형진은 그가 건네는 서류를 받아 들었다.

지역별로 수치가 적혀 있는 종이였다.

"이건 뭡니까?"

"지역별로 진상들을 구분한 겁니다."

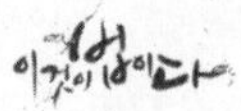

“별 의미는 없을 것 같은데요?”

이미 소송이 들어갔고, 지금까지 진상 노릇을 하던 녀석들은 하나같이 입을 다물고 있는 상황이다.

실제로 기자들의 취재에 따르면 각 기업으로 오던 블랙리스트 전화가 대부분 끊어졌다고 했다. 그만큼 이번 사건이 사회에 주는 영향이 컸다.

‘그리고 이제는 선례가 생겼으니…….’

만일 직원이 그만두고 나서 회사에 자료를 요청하고 그 자료로 모욕 및 성희롱으로 고소하게 되면, 기업은 현행법상 막을 방법이 없다. 자료의 요구는 법원의 명령에 의해서 나오는 것이라 안 줄 수는 없기 때문이다.

물론 그만둔 직원은 적지 않은 돈을 두둑하게 챙기게 될 테고 말이다.

그 때문에 이번 사건으로 한국에서 사실상 진상은 거의 사라졌다고 봐도 무방하다.

“그런데 그걸 왜 이렇게 지역별로 나누셨습니까?”

“자료를 보는데 이상한 점이 있어서요.”

“이상한 점?”

“네. 각 지역별로 보던 중, 이상한 점을 발견했습니다.”

“뭔데요?”

“강원도 쪽에서 말입니다, 전화가 많이 왔습니다.”

“그거야 뭐…….”

그럴 수도 있다.

거기에다가 강원도가 산악이 험한 만큼 옮기다가 불량이 날 수도 있고 말이다.

"아무리 그래도 진상이 서울만큼 많다는 건 말이 안 되어요."

"서울만큼 많다고요?"

"네."

그 말에 노형진은 다시 한 번 서류를 확인했다.

그러고 보니 강원도에서 유독 진상들 전화가 많이 온 것으로 되어 있다.

"그럴 수도 있죠."

"네. 그런데 기록이 이상하더군요."

"네?"

"물건을 구입한 사람들이 쓴 주소가 상당수 가짜입니다."

"가짜?"

"가짜라고요?"

"네."

물건을 기본적으로 배달을 하기는 하지만 그건 어디까지나 큰 물건을 기준으로 한다. 냉장고나 세탁기 같은 것 말이다.

규모가 작은 것은 일반적으로 사서 직접 들고 가는 경우도 많다.

"그런데 그렇게 사서 들고 간 사람들의 주소가 이상한 게 많더군요."

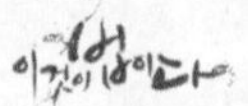

고소장이 접수되고 사건이 이첩되자 당연히 경찰들은 해당 주소지로 향했다.

그런데 해당 주소지는 전혀 엉뚱한 곳이든가 아니면 허허벌판이든가 등록된 사람이 산 적이 없다는 것이다.

"그런데 그런 사람이 엄청나게 많아요. 유독 강원도만 말이죠."

이상한 일이다. 그렇게 많은 사람들이 가짜 주소를 넣고 움직이다니?

"그리고 공통점이 있습니다."

"공통점?"

"네."

그렇게 사 간 사람들은 일주일에 두 번 이상 전화를 했고, 그들은 한번 전화하면 최소 두 시간 이상 통화를 했다.

대부분 불만을 말하면서 항의를 하고 욕설도 하는 등 극단적인 방식으로 반응했는데, 정작 그들 명의로 수리 접수가 이루어지거나 반품된 게 없다는 것이다.

"그러니까 고장이 났다고 전화해서 난리 법석은 피우는데 정작 그걸 고치러 온 적은 없다?"

"네."

"이상한 일이군요."

노형진은 고개를 갸웃했다.

이건 말도 안 된다. 도대체 누가 그런 쓸데없는 짓을 한단 말인가?

"더 웃긴 건 핸드폰입니다."

"핸드폰요?"

"네."

기록상의 등록된 주소지가 가짜이니 당연히 경찰은 그들이 전화할 때 쓴 핸드폰을 추적했는데…….

"대포폰?"

"네."

"지금 대포폰이라고 했습니까?"

"네."

"말도 안 되죠. 아니, 무슨 항의 전화를 대포폰으로 합니까?"

"그러니까 이해가 안 가는 겁니다."

"음…….'

노형진도 뭔가 이상하다는 사실을 알아차렸다.

"혹시 그들의 전화 시간도 알고 있나요?"

"대충요."

기록을 정리해 온 덕분에 노형진은 그들이 전화한 시간을 대충 통계를 낼 수 있었다. 그리고 이상하다는 생각을 했다.

'정해진 시간에 정해진 패턴으로 전화를 한다?'

콜 센터라고 해서 스물네 시간 내내 바쁜 것은 아니다. 일반적으로 바쁜 시간은 오전 11시부터 오후 4시까지.

그런데 정확하게 그때 전화를 했고, 두 시간 이상 통화를

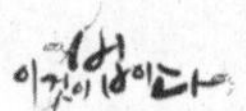

했다.

　대부분의 근무자들이 이 전화를 받았으며 전화를 끊지도 못한 채로 두 시간씩 통화를 해야 했다.

　'업무 시간의 거의 15% 이상이 이들에게 들어간다.'

　노형진은 그걸 보면서 누군가가 뒤에서 조종한다는 느낌을 강하게 받았다.

　그렇지 않으면 이런 말도 안 되는 상황이 나올 리 없다.

　"마치 누군가 콜 센터를 괴롭히려고 한 것같이 행동했습니다. 콜 센터 사장에게 원한이 있는 것일까요?"

　"글쎄요. 그건 아닌 것 같군요."

　노형진은 기록을 보다가 얼굴을 찌푸렸다.

　모든 기록이 다 있는 건 아니지만 이 행동이 시작된 시점이 대충 어느 시점과 맞아떨어졌기 때문이다.

　그리고 콜 센터 사장이 했던 말이 생각났다.

　-대기 시간이 길어지면 기업의 이미지는 상당히 큰 타격을 입지요.

　가볍게 생각하기 쉽지만, 우리나라의 국민들이 국산을 쓰는 가장 큰 이유는 품질보다는 A/S에 대한 기대이다.

　그런데 이런 식으로 대기 시간이 길면 사실상 A/S를 받기 힘들어진다.

"그들의 전화는 대부분 수리 쪽에 몰려 있군요."

"네."

전화는 대부분 가전 수리에 몰려 있었다.

"가전 수리만 놓고 근무시간을 따지면……."

대충 계산을 해 보니 업무 시간의 30~40%가 그들에게 투자된다는 계산이 나온다. 이건 터무니없는 수치다.

"아무래도…… 누군가 이런 짓을 저지른 모양입니다. 고의적으로 말입니다."

"하지만 누가요?"

무태식이 당장 생각나지 않는지 고개를 갸웃하면서 묻자 노형진은 그늘이 드리워진 얼굴로 대답했다.

"콜 센터가 표적이 아니었습니다. 대룡이 표적이었지요. 그리고 대룡이 표적이라고 생각한다면…… 이런 짓을 할 만한 곳은 한 곳뿐이지요."

그 말에 손채림은 신음을 내면서 퇴근을 위해 챙기고 있던 것을 책상에 다시 내려놓았다.

"끄응…… 오늘 퇴근은 글렀네."

작은 사건은 그렇게 큰 사건을 그들 앞으로 당겨 주는 도화선이 되었다.


다음 권으로 이어집니다

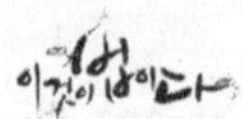

# 200평 초대형 24시 만화방



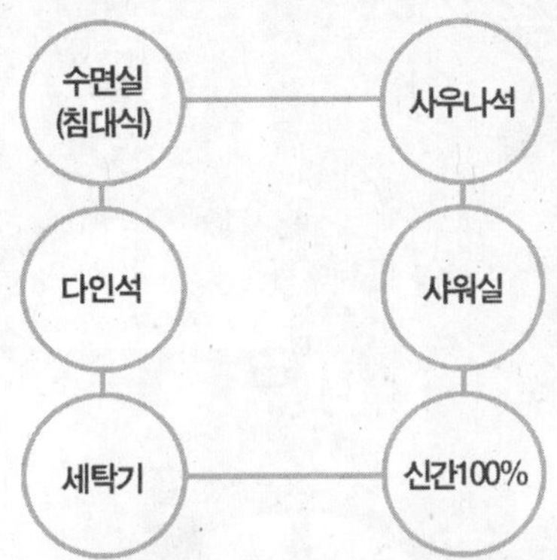

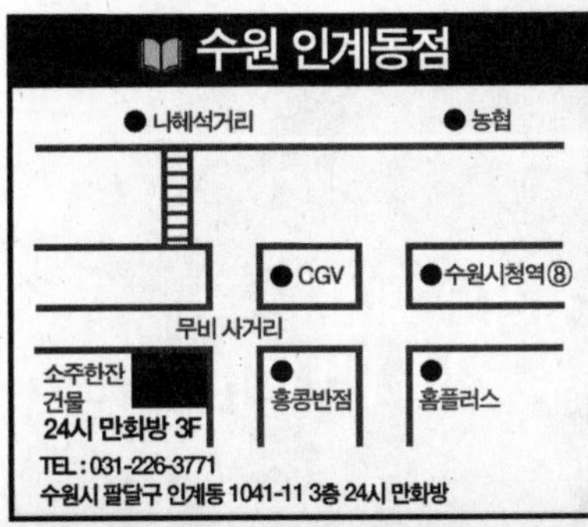


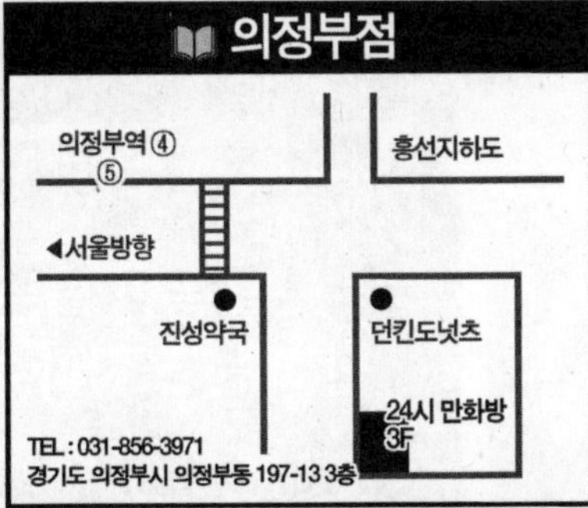

될 놈만 되는 서러운 세상
안 되는 노력파 투수, 신을 만나다!

죽어라 노력해 봤지만
그 결과는 굴욕의 현금 트레이드!

"재능이 없으면 그냥 나가 죽으라는 거야?"

좌절한 그 앞에 BABIP 신이 나타나는데……!

-이거나 받도록 해.

신에게 받은 것, 그것은 신의 마구!

# 시바의 후예

엽태호 장편소설 **2부**

이해날 현대 판타지 장편소설

판사 이한영

『어게인 마이 라이프』『오늘은 출근』의 작가
이해날이 선보이는 통쾌한 신작!
이번에는 법조계의 비리를 타파한다!

언제나 정의만을 위해 법정에 섰던 판사 이한영
사법부와 아내의 배신으로 독살당한 그가
시대를 위해 과거로 돌아갔다!

배신자들에게 '빅 엿'을 먹이고
사법 정의를 바로 세우기로 결심한 그는
각 분야의 예비 실력자들로 팀을 결성하고
사법부를 향한 저격을 준비하는데……

오로지 정의밖에 모르는 사법부의 이단아
그가 재판정에 설 때 '윗분'들의 판이 뒤집힌다!